KB115032

소양호에
핀 꽃

소양호에
핀 꽃

초판 1쇄 찍은날 2022년 1월 20일
초판 1쇄 펴낸날 2022년 1월 27일

글 김춘옥
펴낸이 서경석
책임편집 김진영 | 디자인 권서영
마케팅 서기원 | 제작·관리 서지혜, 이문영
펴낸곳 청어람주니어 | 출판등록 2009년 4월 8일(제313-2009-68호)
본사 주소 경기도 부천시 부일로483번길 40 (14640)
주니어팀 주소 서울특별시 구로구 디지털로 272 한신IT타워 404호 (08389)
전화 02)6956-0531 | 팩스 02)6956-0532
전자우편 juniorbook@naver.com
블로그 http://blog.naver.com/juniorbook
페이스북 http://www.facebook.com/chungeoramjunior

ISBN 979-11-86419-80-9 44800
　　　 979-11-86419-32-8(세트)

소양호에
핀 꽃

김춘옥 장편소설

청어람주니어
Chungeoram Junior

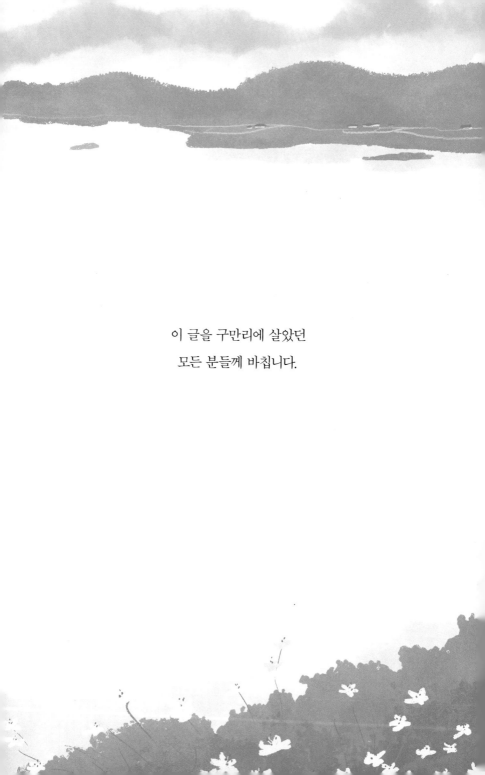

이 글을 구만리에 살았던
모든 분들께 바칩니다.

호수에 잠긴 마을

강원도 인제군 남면 부평리 11반, 자연부락명은 구만리.

지금은 우리나라 지도상에서 찾아볼 수 없는 곳입니다. 하지만 소양댐이 만들어지기 전에는 사람들이 살았던 마을이지요.

한 소년이 산으로 둘러싸인 작은 마을에 살고 있었어요. 마을 앞으로는 강물이 흘러가고 건너편에는 대흥리라는 마을이 있었습니다. 두 마을은 사계절이 아름다운 곳이었지요.

소년은 변함없이 흘러가는 강과 늘 함께였어요. 친구와 싸우고 부당하게 벌을 섰을 때도, 아버지와 오랜만에 만나 낚시를 하던 때도, 또 아버지를 다시 떠나보낼 때도 말입니다.

하지만 강은 소년에게 커다란 슬픔을 안겨 주기도 했어요. 강 건너 대흥리에는 외갓집이 있었는데 소년의 어머니는 외할머니가 아프다는 소식을 듣고 몰래 강을 건넙니다. 전쟁이 터지기 이전에 강은 이미 38선이 되었기 때문이었어요. 소년의 어머니는 다시 강을 건너오다 목숨을 잃고 맙니다.

세월이 흘러서 소년이 할아버지가 되었을 때, 헤어진 아버지와 이산가족으로 다시 만나게 됩니다. 그리고 아버지의 사진을 강에 태우면서 강에서 돌아가신 어머니와 다시 만나게 합니다.

이 소년의 이야기는 광복이 되던 때부터 한국 전쟁이 터지던 해까지를 중심으로 하고 있습니다. 바로 제 어머니가 살았던 소양강 마을, 구만리가 배경입니다.

이 작품은 2004년에 《내일로 흐르는 강》으로 출판되었는데 이번에 《소양호에 핀 꽃》으로 새로 나오게 되었어요. 그간 어머니를 비롯해 구만리에 살았던 분들이 하나둘씩 세상을 떠났어요. 하지만 38선 마을의 역사는 잊히지 않고 오래 기억되었으면 좋겠어요.

그리고 이야기 구성상 실제와는 다소 다를 수 있다는 점을 미리 말씀드립니다.

김춘옥

차례

증조할아버지 소식

증조할아버지가 살아 있었다.

한국 전쟁 때 소식이 끊긴 후로 행방불명이 되었던 증조할아버지였다. 연로하실 테니 누구도 살아 계시리라고는 생각지 않은 게 당연한 일이었다. 그런데 얼마 전 적십자사로부터 증조할아버지가 할아버지를 찾는다는 연락이 왔다.

아빠는 적십자사에 가서 신청서에 붙은 증조할아버지 사진을 복사해 왔다. 엄마는 내복이며 홍삼 같은 선물을 사들였다.

"네 명으로 하면 좋을 텐데."

누나는 상봉장에 가지 않겠다고 말했다가 아빠에게 혼만 났다. 상봉장에는 다섯 명만 오라는 통보가 왔다. 대부분 갈 사람이 많아서 그렇게 제한한 것이다. 그런데 할아버지는 이대 독자로 다른 형제가 없었다. 게다가 증조할머니와 할머니 모두 돌아가셔서 달랑 다섯 식구뿐이었다. 그러니까 할아버지, 아빠, 엄마, 누나, 나까지 딱 다섯 명이 가면 되는 것이다. 누나가 가지 않겠다고 했을 때 혼이 날 만도 했다.

"정말 만날 수 있는 건가? 그새 건강이라도 나빠지시면 어떡하나?"

할아버지는 자나 깨나 증조할아버지 생각뿐이었다.

"할아버지, 저녁 드시래요!"

누나가 거실 소파에 앉아 있는 할아버지를 향해 소리쳤다. 할아버지는 못 듣는 사람처럼 사진만 들여다보고 있었다.

"할아버지!"

누나가 신경질적으로 소리를 빽 질렀다.

"응?"

"저녁 드시라고요."

"알았다."

할아버지는 그제야 천천히 소파에서 일어났다.

"엄마, 할아버지 이상해. 몇 번 말해야 알아들으시고……."

누나가 냉장고에서 물을 꺼내 컵에 따르며 말했다.

"50년이 넘게 헤어졌다가 만난다는 데 정신이 있으시겠어? 너라면 가만히 있을 수 있겠니? 이 엄마와 50년 동안 헤어졌다 만나면 어떻겠니? 너라면 아무렇지도 않게 앉아 있을 수 있겠어?"

"에이, 누가 그렇대? 또 확대 해석."

누나는 입을 뾰족이 내밀며 얼른 자기 자리에 앉았다.

엄마는 늘 그런 식이다. 누군가 한마디 하면 주렁주렁 덧붙여 말하는 버릇이 있다. 그래서 누나는 질색을 한다. 엄마는 엄마 대로 말을 제대로 새겨듣지 않는다며 화를 낸다. 아빠는 엄마에게 누나가 사춘기라 그렇다며 이해하라고 한다. 그리고 누나한테는 엄마가 너를 사랑해서 그러는 거라며 말한다.

"그래, 서로들 이해하거라. 한 보만 양보하면 되는 것을."

이럴 때면 할아버지는 늘 혀를 쯧쯧 차며 말한다. 그러나 요즘의 할아버지는 집안일에 관심이 없었다. 오로지 증조할아버지 일에만 눈과 귀가 열려 있는 것 같았다.

시간은 하루하루 지나갔다. 증조할아버지를 만날 날이 코앞으로 다가왔다. 할아버지는 점점 뜬눈으로 밤을 지새고 식사도 뜨는 둥 마는 둥 했다. 낮에 잠깐 눈을 붙이는 게 전부였다.

나는 할아버지 몰래 증조할아버지에게 드릴 깜짝 선물을 만들기로 했다. 바로 우리 집안 가계도였다. 증조할아버지부터 나까지 4대를 도표로 그리고, 그 안에 사진을 붙여 넣는 것이다. 스스로 생각해도 기발한 선물이었다. 언젠가 텔레비전에서 가계도를 만들어서 선물하는 것을 본 적이 있었다. 정말 선물 중에서도 최고의 선물이 될 것이다.

'아! 그런데 증조할머니와 할머니 사진이 없다.'

생각지도 않은 문제였다. 증조할머니와 할머니 사진을 본 적이 없었다. 할아버지가 갖고 계신 사진첩 어디에도 두 사진은 없었다. 물론 증조할아버지 사진도 없지만 그건 할아버지가 갖고 계신 사진을 잠깐 빌리면 된다. 컴퓨터로 만들 거니까 스캔해서 넣으면 되는 것이다.

"할아버지, 주무세요?"

할아버지는 잠자리에 누워 눈을 감고 있었다. 밤새 뒤척이면서도 주무시는 척했다.

"아니다, 왜?"

"저, 있잖아요."

나는 책상 위에 있는 스탠드 불을 끄고 할아버지 옆에 조심스레 누웠다.

"숙제는 다 했냐?"

"예."

"무슨 할 말 있냐?"

"혹시 증조할머니와 할머니 사진 있어요?"

"그, 그건 왜?"

할아버지는 몹시 당황한 듯 목소리까지 떨렸다. 이상했다. 뭔가 사연이 있는 게 분명했다.

'할 수 없다. 실토하는 수밖에.'

나는 깜짝 선물을 포기하기로 했다.

"증조할아버지께 선물하려고 하는데요. 가계도를 만들어 드리려고요. 그러려면 사진이 필요하거든요."

"그래에, 기특한 생각을 다 했구나. 그런데 사진이 없어서 어떡하누. 모두 내가 못나서 그렇지."

"그게 무슨 말이에요?"

"네 증조할아버지도 오신다는데, 참 새삼스럽구나. 네 증조할아버지와 약속한 일을 하나도 지키지 못했으니 말이다."

할아버지는 내가 알아듣지도 못하는 말을 주렁주렁 늘어놓았다.

"무슨 약속을 하셨는데요?"

"아주 오래된 이야기로구나. 증조할머니와 할머니 생각을 하니 가슴이 아프구나. 참 서러운 강이기도 하고……."

할아버지가 괴로운 표정으로 말했다. 그런 할아버지가 안쓰러워 나는 더 이상 꼬치꼬치 물을 수가 없었다.

다음 날, 나는 증조할머니와 할머니 사진이 빠진 가계도를 완성했다. 컴퓨터로 만들어서 인쇄를 하고 코팅까지 했다. 두 개

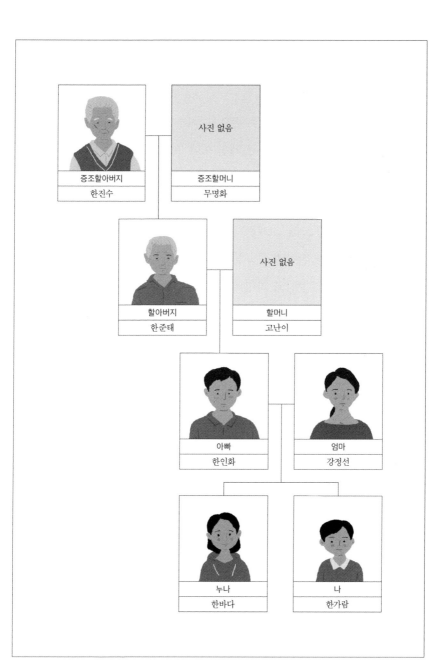

를 만들었는데 하나는 증조할아버지에게 드릴 거고 또 하나는 내가 보관할 거였다.

할아버지는 가계도를 두 손으로 어루만지며 눈물을 글썽였다. 그리고 소년처럼 아주 오래된 이야기를 나에게 들려주기 시작했다.

"올해 네가 열두 살이지? 맞아, 해방이 되던 해에 내 나이도 열두 살이었지. 그래, 그해는 참 많은 일이 있었지……."

어느새 나는 할아버지가 들려주는 어린 시절 이야기 속으로 빠져 들어갔다. 그리고 할아버지 이야기는 상봉 전날까지 밤마다 이어졌다.

나루터에서

구만리 나루터는 조용했다.

아침이면 학교를 가기 위해 북적이던 아이들도 보이지 않았다. 건너편 강가에서는 일본인 순사 다나까와 사공인 난이 아버지가 마주 보고 서 있는 게 보였다.

"아저씨! 사공 아저씨!"

준태는 손나팔을 하고 강 건너편을 향해 소리쳤다. 사공은 못 들었는지 허리를 꼿꼿이 세운 다나까 앞에서 연신 허리를 굽혀 대고 있었다.

"아저씨! 여기요!"

준태는 속에서 무언가가 울컥하고 솟구치는 걸 느꼈다. 소리를 못 듣는 건 괜찮은데 다나까 앞에서 굽신거리는 사공을 보자 화가 치밀었다. 그래서 냅다 소리를 질렀던 것이다. 그 소리에 다나까가 먼저 고개를 돌렸다. 사공도 이쪽을 바라보았다. 준태는 두 팔을 올려 좌우로 흔들었다. 사공이 얼른 배로 올라와 닻줄을 풀기 시작했다.

사공이 강을 건너오는 동안 준태는 물끄러미 강물을 바라보았다. 매일같이 건너다니는 데도 어디에서 시작해서 어디로 가는지 한 번도 생각해 보지 않았다. 강물이 들어오는 산모퉁이는 산들로 첩첩이 둘러싸여 있었다. 나가는 곳도 마찬가지였다. 준태가 아는 세상은 이 소양강과 살고 있는 구만리, 건너편 학교가 있는 대홍리뿐이었다.

준태는 돌을 집어 강 수면을 향해 던졌다.

"야호!"

돌은 일곱 번이나 수면을 톡톡 튀기며 멋지게 날아갔다.

'승우 녀석이 있다면 한 번 뽐낼 수 있는 기회였는데…….'

아까운 생각이 들었다. 녀석 생각을 하자 갑자기 답답해졌다. 녀석은 언제나 제멋대로였다. 지금까지 승우를 혼내 줄 수 있는 아이는 아무도 없었다.

"우리 모범생이 웬일이야? 지각을 다 하고?"

사공이 너스레를 떨며 배를 나루터에 댔다.

"그게……."

준태는 대답을 하려다 얼른 입을 다물었다.

"뭘 말이냐?"

"예? 아, 아무것도 아녜요. 난이는 학교에 갔죠?"

"그럼, 이 녀석아. 지금이 몇 신데, 벌써 갔지."

사공이 배를 돌리는 동안 준태는 '후유' 하고 한숨을 쉬었다.

난이는 일본어 시간을 가장 싫어한다. 자기 이름을 불러도 못 알아들어서 자주 혼나곤 한다. 그때마다 준태는 자기 일처럼 가슴이 조마조마했다. 그래서 어제도 난이 숙제를 해 주겠다고 약속했다. 한 과를 세 번 쓰고 받아쓰기에서 틀린 문장 열 개를 스무 번씩 쓰는 숙제였다. 거기에 준태 자신의 숙제인 한 과 세 번 쓰기까지 합하니 새벽녘에야 겨우 잠이 들었다.

삐이걱 삐이걱.

노 젓는 소리와 함께 배가 앞으로 나아갔다. 준태는 비로소 학교에 가서 혼날 생각을 했다. 꼬챙이 선생이 또 얼마나 닦달을 할까.

'기껏해야 손바닥 열 대겠지. 아니면 한 시간 동안 손들고 서 있거나.'

그래도 난이만 괜찮다면 그 정도는 참을 수 있는 일이었다.

"기다려요!"

그때 뒤에서 소리가 들렸다. 누가 또 지각을 한 모양이었다.

'그래, 혼자보단 낫지.'

뒤를 돌아보니 승우였다. 눈이 마주쳤다.

'차라리 혼자가 낫다!'

준태는 얼른 눈길을 피했다.

사공은 승우를 태우기 위해 배를 다시 돌렸다. 승우는 기다리는 사람은 아랑곳하지 않고 어그적 어그적 천천히 걸어왔다. 건들거리며 걷는 폼이 꼭 제 아버지를 닮았다.

'자식.'

준태는 비스듬히 앉았지만 녀석의 행동을 다 알 수 있었다.

'그래, 내가 참아야지.'

준태는 녀석을 못 본 체 강물을 바라보았다. 강물은 여전히 제 갈 길을 향해 흘러갔다. 아까와 달라진 게 없는 강물인데 기분에 따라 달라 보였다. 화가 잔뜩 난 것처럼 보였다.

'이 녀석 봐라. 감히 날 못 본 체하네?'

승우는 배로 올라오면서 준태를 노려보았다. 다른 아이들은 승우 앞에서 늘 절절맸다. 그런데 준태는 그렇지 않았다. 지금도 강물만 바라보고 있었다.

"이제, 가세요."

승우는 자리에 앉으며 사공에게 말했다. 거만한 말투로 하인 부리듯 했다.

"그래, 그래."

사공은 얼른 노를 잡았다. 배가 강을 건너가는 중에도 둘은 서로의 눈길을 피했다. 그러나 서로를 의식하고 있었다.

배가 건너편 나루터에 닿았을 때였다. 준태가 땅에 발을 내딛는 순간 승우가 잽싸게 다리를 걸었다.

"악!"

준태는 고꾸라지듯 땅으로 나뒹굴고 말았다.

"이 자식이!"

준태는 얼른 일어나며 승우의 멱살을 잡았다.

"왜? 꼽냐? 쳐 봐! 어서!"

승우는 웃음을 머금고 준태를 똑바로 보았다.

"치라면 못 칠 줄 알어?"

준태 주먹에 힘이 들어가는 순간 사공의 손이 준태 팔을 잡았다.

"왜들 그래? 자, 자. 어서 학교들 가거라."

사공은 천천히 준태의 손을 내렸다.

"에이!"

준태는 옷을 툭툭 털고는 학교를 향해 걸음을 옮겼다.

"비겁한 녀석."

승우가 뒤따라오면서 빈정댔다. 준태는 못 들은 척 이를 악물었다.

"너희 아버지, 바보 아니야? 독립운동이나 하면 누가 밥 먹여 준대냐? 맨날 나물죽이나 먹는 주제에 뻣뻣하긴."

승우는 준태 앞을 가로막으며 이죽거렸다.

"이 자식이!"

순간 준태의 주먹이 날아갔다. 생일날 모처럼 쌀밥을 먹었을 때도 이처럼 힘이 나진 않았을 것이다. 승우가 마른 장작처럼 푹 쓰러졌다.

"날 쳤어?"

승우가 일어서며 달려들었다.

준태도 지지 않았다. 그동안 참았던 울분이 주먹을 계속 휘두르게 했다.

"그만!"

승우가 외치자 준태는 휘두르던 주먹을 멈췄다. 승우의 명주 저고리는 풀어헤쳐졌고 얼굴은 코피로 얼룩져 있었다. 그 모습을 보자 정신이 번쩍 났다.

"두고 봐."

승우는 코피를 손등으로 쓱 훔치며 일어났다. 그러고는 뒤도 돌아보지 않고 씩씩대며 학교를 향해 뛰어갔다.

복도에서 벌을 서다

난이는 교실 창가에서 왔다 갔다 하며 안절부절못했다.

'나 때문이야.'

운동장 건너편에 있는 교문을 아까부터 살피고 있었다. 운동장에는 아이들이 몰려다니며 신나게 공을 찼다.

'쉬는 시간이 끝나기 전에 와야 할 텐데……'

여전히 준태의 모습은 보이지 않았다.

'혼나도 내가 혼나는 건데, 그걸 어떻게 혼자 다 한다고? 맡긴 게 잘못이야. 아마 밤을 샜을 거야.'

난이는 후회가 되어서 속이 바짝바짝 타는 것 같았다. 지난 겨울에 열이 펄펄 나서 아팠을 때도 준태는 학교에 나왔다. 그런 준태가 아직 오지 않는 것은 순전히 자신 때문인 것 같았다.

뎅 뎅 뎅.

두 번째 시간 종소리가 울렸다. 아이들이 우당탕거리며 자리에 가서 앉았다. 몇몇 아이들은 숙제를 덜 했는지 손놀림이 빨라졌다.

"공책 안 가져왔어?"

짝인 춘희가 물었다.

"응."

난이는 힘 빠진 목소리로 대답했다. 이제는 가슴이 쿵쾅쿵쾅 방망이질해 댔다.

"어쩌려고? 벌써 세 번째잖아. 이번에 걸리면 죽음이란 거 몰라? 큰일 났다."

춘희가 호들갑을 떨었다. 그랬다. 세 번째 걸리면 교무실에 가서 공부 끝날 때까지 무릎 꿇고 앉아 있어야 했다. 그리고 반성문도 쉰 번을 써야 했다.

'준태야, 빨리 와. 준태야.'

난이는 눈을 감고 속으로 되뇌었다. 반성문 쓰는 건 겁나지 않았다. 어서 빨리 준태가 학교에 오길 바랄 뿐이었다.

그때 앞문이 드르륵 열렸다. 모두 심호흡을 하고 그쪽을 바라보았다. 꼬챙이 선생님이 성큼성큼 걸어서 교탁 위로 올라갔다. 빼빼 마른 데다가 눈초리가 날카로워서 아이들이 쉬쉬하면서 붙인 별명이었다.

"숙제 검사부터 하겠다. 펼쳐 놓아라."

꼬챙이 선생님은 교실을 휘둘러보며 딱딱하게 말했다. 아이들은 책을 왼쪽에, 공책을 오른쪽에 나란히 펼쳐 놓았다. 공책을 펼치는 소리에 잠시 수선거렸으나 교실은 곧 조용해졌다. 꼬챙이 선생님이 교단을 내려왔다. 지시봉을 오른손으로 잡고 왼손 바닥을 탁탁 치면서 왼편 앞 1번에게로 다가갔다. 침묵이 흘렀다. 아이들의 숨소리조차 들리는 것 같았다. 난이는 마른침을 삼켰다. 자신의 침 넘어가는 소리가 마치 천둥소리처럼 들렸다.

"뭐야?"

꼬챙이 선생님의 눈길을 따라 모두들 뒤를 돌아보았다. 승우가 먼저 모습을 나타냈고 뒤이어 준태가 들어왔다.

"무슨 일이야?"

"싸웠나 봐."

아이들이 웅성거렸다.

"모두 조용히 해!"

꼬챙이 선생님이 소리쳤다. 아이들은 순식간에 쥐 죽은 듯 조용해졌다. 꼬챙이 선생님이 안경 너머로 둘을 살폈다. 눈초리가 얼음장을 벨 만큼 날카로웠다.

준태는 슬그머니 고개를 들어 아이들 책상 위를 살폈다. 아직 숙제 검사를 안 한 게 분명했다. 난이는 가운데 통로 중간쯤에 앉아 있었다. 선생님 모르게 공책을 건네줄 수 있을지가 문제였다. 지금 준태 머릿속에는 난이 공책 생각뿐이었다.

"둘 다 앞으로 나와!"

꼬챙이 선생님이 외쳤다. 지시봉으로 맨 앞에 있는 책상을 탁탁 쳤다. 그 때문에 그 책상 앞에 있는 아이가 움찔 놀랐다.

승우가 먼저 발을 떼었다. 난이가 보였다. 눈이 마주치자 준태는 고개를 오른쪽으로 끄덕해 보였다. 옆구리 책보 바깥으로 난이 공책을 보이게 잡고 있었다. 난이도 눈치를 챘는지 한 손을 밑으로 내려뜨렸다. 준태는 난이 곁을 지나며 슬쩍 공책을 미끄러뜨렸다. 난이가 얼른 공책을 받았다. 그때 문득 승우와 눈이 마주쳤는데 녀석이 야릇한 미소를 지었다.

"네 짓이지?"

꼬챙이 선생님은 코피로 얼룩진 승우를 가리키며 다짜고짜 준태를 다그쳤다.

"네, 그렇지만……."

"그래, 아니야? 그것만 대답해."

"그렇습니다."

"그럼, 잘못은 준태 네게 있다."

꼬챙이 선생님의 판결은 간단했다. 더 이상 어떤 질문이나 대답도 없었다. 그걸로 끝이었다.

탁 탁 탁.

꼬챙이 선생님은 지시봉으로 준태 머리를 사정없이 내리쳤다. 머리에 불이 나는 것 같아 잠시 아찔했다.

"넌 복도에 가서 꿇어앉아 있어!"

꼬챙이 선생님이 승우에게 들어가라고 손짓하고는 준태에게 소리쳤다. 억울했지만 준태는 순순히 교실 밖으로 나왔다. 그런데 이상한 일이었다. 난이에게 공책 건네는 걸 보았는데 승우가 모른 척하다니 알 수 없는 일이었다.

"다리 좀 아프겠는데!"

쉬는 시간이 되자 승우가 다가와 빈정거렸다.

"꼴좋다. 감히 누구한테 손을 대?"

승우 뒤를 졸졸 따라다니는 형식이가 덧붙였다. 준태는 승우와 형식이를 똑바로 올려다보며 인상을 북 썼다.

"야, 무섭다 무서워. 가자."

"알았어."

승우가 교실로 들어가자 형식이도 얼른 따라가 버렸다.

"왜 그러냐?"

복도 끝에서 지켜보던 태근이가 쪼르르 달려왔다.

"아니야."

"아니긴, 녀석들이 또 뭐래?"

"아니라니까!"

준태는 자기도 모르게 소리를 빽 질렀다.

"미안해. 그런데 아침엔 왜 싸웠냐?"

태근이가 준태 눈치를 살피며 물었다.

"그냥, 그렇게 됐어."

준태는 아버지 이야기를 하고 싶지 않았다.

"녀석, 으스대더니 꼴좋더라. 제 아버지가 친일파라고 하늘 높은 줄 모르고 말이야. 나한테 걸렸으면 묵사발을 만드는 건데……."

태근이는 주위를 살피며 속삭였다.

"……."

"어쨌든 속이 다 후련하다야."

태근이는 쉬는 시간마다 와서 한 마디씩 하고 들어갔다.

아이들이 모두 돌아가고 난 후, 준태는 교무실로 불려가 반성문을 열 번 쓰고 학교를 나섰다. 막 교문을 나서는데 난이가 불쑥 나타났다. 교문 밖에서 준태가 나오길 기다렸던 모양이었다.

"미안해, 나 때문에."

난이가 고개를 떨구었다.

"아니야, 숙제 늦어서 걱정했지?"

"나야 뭐, 괜히 너만 혼나고……."

난이는 뒤따라오며 준태 얼굴을 살폈다.

"승우하곤 왜 싸웠어?"

"으응, 녀석이 까불잖아."

"그래서?"

"몇 대 패 줬지 뭐."

"그게 다야? 난 무슨 일이 있을까 봐 간이 다 콩알만 해졌는
데……."

난이가 눈을 흘겼다.

"나도 걱정이 되긴 해. 벌써 녀석 어머니가 우리 집으로 달려
갔을지도 몰라."

준태는 어머니 생각을 하자 다리에 힘이 스르르 풀렸다.

붉은 철쭉

준태는 대홍리 나루터로 가는 길목에서 난이와 헤어졌다. 난이는 나루터 근처의 자기 집으로 가고 준태는 배를 타고 강을 건너 구만리로 돌아왔다.

준태는 집으로 바로 갈 수가 없었다. 어머니를 생각하면 울고만 싶은 심정이었다. 아버지는 없는 사람이나 마찬가지였다. 준태가 어렸을 때 중국에 가셨다고 들었을 뿐 지금까지 돌아온 적이 한 번도 없었다. 그래서 준태는 어머니와 단둘이 살고 있었다. 어머니는 밭일이며 논일을 혼자서 다 했다. 앙상하게 드러난 어머니의 팔과 다리를 볼 적마다 준태는 화가 났다. 아버지가 미웠다. 준태가 어렸을 적부터 지금까지 달라진 것은 없었다. 일본 순사들이 늘 닦달을 하고 아버지가 한다는 독립운동도 아무 소용이 없는 모양이었다.

구만리 나루터에서 강 아래로 향하는 샛길로 접어들었다. 샛길은 집으로 가는 길과 갈라져 강가로 이어져 있었다. 길가에 민들레가 피어 바람에 한들거렸다. 마른풀 사이로는 연두색 풀들이 빼곡히 고개를 내밀기 시작했다. 준태는 고개를 푹 숙이고 걸으며 새로운 풀잎들을 바라보았다.

"아버지."

준태는 아버지를 불러 보았다. 아버지 얼굴은 기억도 나지 않았다. 하지만 아버지를 생각하면 야속하기도 하고 가슴이 울렁거리기도 했다. 준태 자신도 어느 것이 진짜 마음인지 알 수가 없었다. 어떨 땐 아버지란 사람이 정말 있을까 하는 생각이 들었다. 혹시 돌아가셔서 영영 만나지 못하면 어떡하나 하는 생각도 했다.

준태네 집은 무언가가 빠져 있는 것처럼 늘 허전했다. 어머니는 애써 밝은 표정을 짓지만 그건 거짓이었다. 준태는 그런 분위기가 싫었다. 오늘은 그런 분위기에 자기도 한몫할 것 같아 더욱더 집에 들어가기가 싫었다.

강둑길을 한참 내려가자 강이 땅을 둥글게 파들어 간 부분이 나왔다. 강비탈 중간에 커다란 돌이 박혀 있어서 앉아 있기에 안성맞춤이었다. 이곳에 있으면 마음이 편안해졌다. 나루터나

길가도 보이지 않기 때문에 혼자 있기에 좋았다.

준태는 바위에 걸터앉아 승우를 생각했다. 녀석은 언제나 아이들에게 제멋대로였다. 오늘만 해도 그랬다. 아버지 얘기만 하지 않았어도 녀석을 때리지는 않았을 것이다. 녀석이 미웠다. 아버지도 미웠다.

바위에 누웠다. 차가운 기운이 뼛속까지 스며들었다. 바람이 분다. 온몸이 으스스했다. 그런데도 가슴에선 불꽃이 활활 타올랐다.

"아버지."

하늘이 파랗다. 머리 위 언덕배기로 녹색의 이파리들이 흔들렸다. 숨을 들이켰다. 푸른 내음들이 가슴으로 쏟아져 들어왔다. 그사이에 향기가 섞여 있었다.

"철쭉이다!"

준태는 순간 벌떡 일어났다.

"철쭉이 피었다!"

붉은색이 화사한 철쭉. 어머니가 좋아하는 꽃이었다. 어머니에게 철쭉을 꺾어다 드리면 언제나 볼이 붉게 물드는 것을 보았기 때문이었다. 꽃 색깔에 반사되어 그렇게 보이는지 아니면 진짜 얼굴색이 변하는지는 알 수가 없었다. 그러나 어머니 얼굴이 변하는 것은 사실이었다.

"철쭉이 피었는데 몰랐네."

준태는 강비탈을 기어오르며 혼자 중얼거렸다. 어서 어머니의 발그레한 얼굴을 보고 싶었다. 늘 근심에 쌓여 있는 어머니지만 꽃을 보면 살며시 웃기까지 했다. 아버지가 철쭉을 꺾어 주신 게 틀림없었다. 어머니는 철쭉을 보며 언제나 아버지 이야기를 했다.

준태는 홈이 패인 곳을 딛고 위로 올라갔다. 한 발 한 발 오르는데 기분이 나아졌다. 꽃이 손에 닿자 우울한 마음도 차츰 좋아졌다.

꽃을 들고 집으로 가는 길은 아까보다 한결 가벼웠다. 사립문 근처에서 준태는 안을 살폈다. 집 안은 조용했다. 승우 어머니가 다녀가지는 않은 모양이었다. 준태는 꽃을 등 뒤로 숨기고 살그머니 마당으로 들어섰다. 살살 걸어서 부엌으로 다가가 안을 들여다보았다.

어머니는 쪼그리고 앉아서 부지깽이로 아궁이 속 장작을 뒤적이고 있었다. 아궁이에선 빨간 불이 타오르고 부뚜막에 있는 무쇠솥에서는 김이 모락모락 올라갔다. 어머니는 참취나물과 불린 쌀을 한 줌 솥에 넣었다.

나물죽을 만드는 것이다. 쌀알이 거의 보이지 않는 나물죽. 쌀이 부족해서 조금씩만 넣기 때문이었다. 숟가락을 사용할 필

요도 없이 후루룩 마시면 되었다. 그래서 언제나 배가 고팠다. 갑자기 꽃이 무슨 상관이랴 싶었다. 또 다리에 힘이 죽 빠져나갔다. 터덜터덜 걸어서 마루에 가서 앉았다.

"준태냐?"

어머니가 인기척을 느꼈는지 마당으로 나왔다.

"왜 이렇게 늦었어?"

어머니는 준태 얼굴을 살피며 옆에 와서 앉았다.

"아버지가 정말 돌아오실까요?"

불쑥 튀어나온 말이었다. 어머니는 걱정스러운 표정으로 준태를 바라보았다. 그리고 사립문 밖 먼 곳으로 눈길을 돌렸다. 그런 어머니 얼굴이 슬퍼 보였다. 준태는 괜한 걸 물었다는 생각이 들었다.

"너, 주인이 뭔지 아니?"

"주인이요?"

"그래, 주인 말이다."

"그걸 왜 몰라요. 내 책상, 내 의자에게 난 주인이잖아요. 아니에요?"

준태는 너무 쉬운 것을 묻는 어머니를 의아하게 바라보았다. 그러나 어머니 얼굴은 진지했다.

"그래, 맞아. 그런 것들에게 네가 주인이지. 그럼 우리나라의 주인은 누구겠니?"

"일본이래요. 선생님이 그랬어요."

"우리나라의 주인은 우리지. 일본이 자기네 나라라고 하는 건 우리나라를 빼앗았기 때문이야. 아버지는 지금 우리나라를 되찾기 위해 싸우고 계시는 거야. 그러니까 조금만 참고 기다리자. 아버지는 꼭 돌아오실 거야. 아버지는 자랑스러운 분이란 걸 잊으면 안 돼."

어머니 눈빛은 그 어느 때보다도 강하게 빛났다. 준태는 그걸 어떻게 믿을 수 있느냐고 묻고 싶었다. 그러나 어머니의 굳은 표정을 보고는 입을 다물었다. 어머니 말대로 정말 독립이 될지도 모른다. 아버지가 기억나지는 않지만 어머니 말대로라면 아버지는 분명 훌륭한 분일 것이다. 그렇게 믿고 싶었다.

"어머니, 이거요."

준태는 뒤에 숨겼던 철쭉을 어머니에게 내밀었다. 어머니 눈이 왕방울만 하게 벌어지며 볼이 발그레해졌다.

주재소로 잡혀간 사공

날씨가 제법 더워졌다. 나무 밑에 앉아 있으면 시원했지만 땡볕에 나가면 땀이 줄줄 흘렸다.

"난이라면 건널 수 있어."

준태가 목에 힘을 주며 말했다.

"우리도 못하는데 계집애가 어림도 없지."

태근이는 콧방귀를 뀌었다.

"아니야, 할 수 있어!"

"못한다니까!"

준태와 태근이는 잠시 서로를 노려보았다. 또래의 아이들 중에서 강을 헤엄쳐 건넌 아이는 아직 없었다. 준태는 난이라면 건널 수 있으리라고 믿었다. 그런데 태근이는 못 건넌다고 빡빡

우겼다.

강을 헤엄쳐 건너는 것. 그것이 준태 또래의 아이들에게는 최대 관심사였다. 준태와 태근이에게는 아직 턱없이 모자라는 헤엄 실력이었다. 난이가 같은 마을에 살지 않아 다행이었다. 준태는 난이 앞에서는 무엇이든 잘하는 모습을 보여 주고 싶었다.

멀리 건너편 강가에서도 아이들이 물장구를 치고 있었다. 준태는 거기에 난이도 끼어 있을 거라고 생각했다.

"준태야!"

그때 등 뒤에서 난이 목소리가 들렸다. 준태는 깜짝 놀라 뒤를 돌아보았다.

"호랑이도 제 말하면 온다더니……."

태근이가 준태를 보며 눈을 찡긋했다.

"빨리 들어오잖고 뭐해?"

태근이가 소리쳤다.

"알았어."

난이는 대답과 동시에 저고리를 바닥에 벗어 던졌다. 이어 치마끈을 풀자 후르륵 치마가 흘러내렸다. 안에는 고쟁이를 입고 있었다. 길이가 발목까지 내려왔다. 가슴에서 허리까지는 복대처럼 여미고 뒷부분은 위에서부터 허리, 엉덩이 아래까지 트인 모양이었다. 변소에 갈 때 끈을 풀지 않고도 용변을 볼 수 있게 한 것으로 여자들이 입는 속옷이었다.

준태는 얼른 고개를 돌렸다. 자기도 모르게 얼굴이 금세 붉어졌다.

"헤엄 잘 치니?"

난이가 아무렇지도 않은 듯 다가오며 물었다.

"으응, 그렇지 뭐."

"무슨 대답이 그래? 잘해? 못해?"

준태가 우물쭈물하자 태근이가 끼어들었다.

"난이 너, 강 건널 수 있어?"

"헤엄쳐서 말이야? 글쎄?"

난이가 빙글빙글 웃었다. 할 수 있다는 건지 없다는 건지 묘한 대답이었다.

"할 수 있어? 없어?"

태근이가 다그쳐 물었다.

"모르지, 해 봐야 알겠지?"

난이가 태연스럽게 말했다.

"지금 해 봐. 응?"

"글쎄."

난이는 준태를 힐끗 바라보았다. 준태가 고개를 끄덕였다.

"그럼 몸 좀 풀고서."

난이는 함빡 웃음을 짓고는 뒤도 돌아보지 않고 물로 뛰어들었다. 준태는 그런 난이를 멍하니 바라보았다. 난이는 물속으로 잠수했다가 여기저기서 얼굴을 내밀었다. 그리고 갖가지 돌멩이를 찾아내어 준태를 향해 던졌다.

"저리들 못 가!"

그때 이 주사가 물가로 다가오며 소리쳤다. 아이들은 모두 물에서 슬금슬금 나왔다.

"시끄럽게 굴면 알지?"

이 주사는 아이들을 둘러보며 으름장을 놓았다. 그 옆에는 승우가 낚싯대를 들고 고개를 빳빳이 하고 서 있었다.

"녀석, 얼마나 잘하나 보자."

태근이가 준태와 난이를 보며 속삭였다.

"그래, 맞아. 한 번 보자고."

난이가 맞장구를 쳤다. 준태는 고개를 절레절레 흔들었다. 그러나 태근이와 난이를 따라 바닥에 주저앉을 수밖에 없었다. 승우 녀석은 잠시도 보고 싶지 않은 녀석이었다. 그런 녀석이 낚시하는 것을 보고 있자니 속이 부글부글 끓었다. 참고 있는 건 순전히 난이 곁에 있고 싶기 때문이었다.

이 주사와 승우가 낚싯줄을 던졌다. 승우의 낚싯대는 나무를 적당히 깎아서 만든 것이 아니라 끝이 휘청거리는 진짜 낚싯대였다.

"이야호!"

이 주사의 낚싯줄에 금세 붕어가 달려 올라왔다.

"야호!"

승우도 쏘가리를 잡아 올렸다. 태근이 얼굴이 일그러졌다. 그러나 승우는 더욱더 기고만장해졌다. 오늘따라 던지는 대로 찌가 움직였고 물고기가 잡혀 올라왔다. 금세 양동이는 붕어와 쏘가리로 가득 찼다.

이 주사와 승우의 입이 함지박만 하게 벌어졌다.

"여보게, 사공!"

마침 상류 나루터에 배를 대던 사공을 보자 이 주사가 소리를 쳤다.

"예, 어르신."

곧 사공이 다가왔다. 그러면서 난이를 돌아보았다. 난이가 찔끔해서 아직 젖어 있는 속옷 위에 치마와 저고리를 입었다.

"보게나. 지금 잡은 거네."

이 주사의 목소리는 한껏 부풀었다.

"에이, 거의 새끼들인데요, 뭐."

사공이 양동이 안을 힐끗 들여다보더니 말했다.

"새끼면 어떻고, 큰놈이면 어떤가? 많이 잡으면 되는 거지."

이 주사는 아무렇지 않은 듯 애써 말했다. 하지만 바람 빠진 풍선마냥 금세 가라앉는 기분은 숨길 수 없었다.

"놓아주시지요, 어르신."

"뭐라는 겐가?"

"새끼들은 잡아 뭐 하시게요?"

"잡은 걸 놓아주란 말인가? 지금?"

이 주사의 목소리가 높아졌다. 승우는 아버지와 사공 사이에서 엉거주춤 서 있었다. 분위기가 심상치 않았다. 준태와 난이, 태근이는 그쪽에 귀를 기울인 채 꼼짝도 하지 못했다.

"누구나 제 살만큼은 살아야 합니다. 물고기들도 이 강에서 더 자라야 합니다."

사공은 상황을 이해 못하는지 아니면 모른 체하는 건지 또박또박 말을 이었다.

"이 사람이, 지금 무슨 말을 하는 게야?"

이 주사의 목소리가 불에 달군 쇠처럼 달아올랐다.

"새끼들을 놓아주시라구요."

사공의 목소리는 서슬 퍼런 쇠처럼 차가웠다.

"하, 놓아주라. 이 사람이 미쳤나?"

이 주사는 화가 머리끝까지 올라 얼굴이 벌겋게 달아올랐다. 일본인들 빼고는 아무도 자신에게 이래라 저래라 할 수가 없었다. 그런데도 일개 사공 주제에 물고기를 놓아주라고 버티는 것이 기가 찰 노릇이었다.

"얼큰한 찌개나 끓여야겠군."

이 주사는 애써 화를 참느라 말소리까지 떨렸다. 사공과 말싸움이나 하다니 체면이 이만저만이 아니었다. 얼른 양동이를 들었다. 그러고는 승우에게 눈짓을 했다. 승우가 낚싯대를 챙겨 들었다.

"안 됩니다."

그때 사공이 양동이를 낚아챘다. 이 주사도 질세라 양동이를 끌어당겼다. 두 사람이 밀고 당기는 도중에 양동이가 강 쪽으로 굴러갔다. 물고기들이 순식간에 쏟아졌다. 바닥에서 펄쩍펄쩍 뛰는 놈, 강물 속으로 달아나는 놈 등 아수라장으로 변했다. 그 와중에도 사공은 땅바닥에 있는 물고기들을 강물로 던져 댔다.

"이런 미친 놈!"

이 주사가 사공 엉덩이를 냅다 질렀다. 사공이 강물로 첨벙하고 빠졌다.

"계속 기고만장해 보라구."

이 주사가 이를 갈며 돌아갔다. 승우는 낚싯대를 들고 종종걸음으로 아버지를 따라갔다.

"아버지!"

난이가 얼른 사공에게 달려갔다.

"왜 그러셨어요?"

"화가 나서 그래. 닥치는 대로 잡는 폼이 꼭 왜놈들 같지 않니?"

"그렇다고 그러면 어떡해요?"

"괜찮아, 뭐 별일이야 있겠니?"

사공은 애써 태연한 척했다. 그러나 다음 날, 사공은 주재소_{일제 강점기에 순사가 머무르면서 사무를 맡아보던 경찰의 말단 기관}로 끌려갔다. 일본군에게 바치는 물고기를 놓아주었다는 것이 그 이유였다. 사공이 집으로 돌아왔을 때는 온몸이 피투성이였고, 한동안 앓아누워 꼼짝도 하지 못했다.

돌탑

방학이 되었다. 아이들은 가끔씩 동원되어 일을 해야 했지만 수업은 하지 않았다. 그래서 산과 들로 다니며 나물이며 열매를 땄다. 물가에서 물고기를 잡는 것도 이때였다. 망을 치고 물에 들어가 물고기를 몰아서 잡았다. 이렇게 잡은 물고기로 찌개를 만들었다. 유일하게 기름기 있는 음식이었다. 고추장과 파, 마늘만 넣어도 꿀맛이었다.

준태는 산에 갔다가 저녁 해가 뉘엿뉘엿 떨어질 때에 집으로 향했다. 몇몇 마을 사람들이 창고 앞에 모여 있었다. 눈치를 보니 비밀스러운 이야기를 하는 게 틀림없었다.

'무슨 일이지?'

준태는 호기심이 일어 그쪽으로 살며시 다가갔다. 아무도 지나가는 준태에게는 신경을 쓰지 않았다.

"일본이 곧 손을 들 거래요."

귓속으로 쏙 들어온 말이었다. 그리고 '해방'이라는 말도 들렸다. 순간 준태는 가슴이 뛰기 시작했다. 해방이 되면 아버지가 돌아오실 거라고 어머니가 말한 적이 있었다.

"비나이다, 비나이다. 천지신명님께 비나이다. 준태 아버지가 무사히 돌아오시게 해 주시옵소서. 비나이다……."

어머니는 요즘 들어 부쩍 일찍 일어난다. 준태는 잠결에 어머니의 기도 소리를 듣곤 했다. 그 소리가 무더운 여름날 시원한 바람처럼 느껴졌다. 그리고 어머니 기도 소리가 바람을 타고 날아가 아버지에게도 들렸으면 좋겠다고 생각했다.

오늘은 준태 자신도 모르게 어머니처럼 기도를 따라 하며 잠에서 깨어났다. 마루로 나와 댓돌에 놓인 짚신을 신고 마당으로 내려왔다. 부엌을 지나 뒤란으로 갔다. 어머니가 고개를 연신 숙이며 중얼거리고 있었다.

"비나이다, 비나이다……."

옆에는 준태 키만큼이나 높아진 돌탑이 보였다. 아버지가 떠난 후로 거의 매일같이 쌓아온 돌탑이었다.

'돌탑이 아버지를 돌아오시게 했으면…….'

준태는 슬그머니 다가가 돌을 집어 올렸다. 어머니가 준태를 보며 빙그레 웃었다. 준태가 막 돌을 올리려는 순간 안마당 쪽에서 인기척이 났다.

"한진수!"

일본인 순사 다나까였다. 순간 어머니 얼굴에서 미소가 싹 가셨다. 어머니 손이 바르르 떨렸다. 이어 어머니는 심호흡을 하고 안마당으로 나갔다. 준태도 뒤따라갔다.

"한진수 어딨어?"

다나까가 눈을 치켜뜨고 어머니를 노려보았다.

"그건……?"

어머니는 눈을 동그랗게 뜨고 되물었다.

"이거 왜 이래? 봤다는 사람이 있는데."

다나까는 눈을 가늘게 뜨고 어머니를 살폈다. 그리고 같이 온 이 주사에게 눈짓을 했다. 이 주사는 말이 떨어지기가 무섭게 마루로 훌쩍 뛰어 올라갔다. 방에서 물건들이 내동댕이쳐지는 소리가 들려왔다. 이어서 부엌이며 헛간 등을 다니며 모두 헤집어 놓았다. 사발이며 상, 소쿠리 등이 마당에서 나뒹굴었다.

"어디 보자."

다나까는 허리에 차고 있던 칼을 빼서 여기저기를 마구 찔러 댔다. 준태는 겁에 질려 어머니 뒤에서 꼼짝도 않고 서 있었다. 자꾸만 몸이 움츠러들었다. 오줌이 마려워 쌀 것만 같았다. 그러나 한 발짝도 움직일 수가 없었다.

다나까가 마당가에 쌓아 놓은 지푸라기 더미를 쿡쿡 찌를 때였다. 쩡 하고 날카로운 소리가 났다.

"이건 뭐야?"

다나까가 소리쳤다. 이 주사가 얼른 달려와 지푸라기를 걷어냈다. 둥근 항아리가 땅에 묻혀 있었다. 뚜껑 부분만 바깥으로 드러나 있었다.

"이건 천황에 대한 모독이야."

다나까가 길길이 뛰며 소리쳤다. 어머니 얼굴이 새파랗게 질렸다. 뒤에 서 있는 준태는 더욱더 오줌이 마려웠다.

"어서 열지 않고 뭘 하오?"

이 주사가 잽싸게 항아리 뚜껑을 열었다. 안에는 쌀이 반쯤 들어 있었다. 마을 사람들은 누구나 이런 식으로 곡식을 숨겼다. 전쟁에 쓴다며 곡식이며 쇠붙이를 보이는 대로 공출^{주민이 나라의 수요에 따라 농업 생산물이나 기물 등을 의무적으로 정부에 내어놓는 것}해 갔기 때문이었다. 그래서 사람들은 어떻게든 감출 수 있는 데까지 노력을 다했다. 들켜서 주재소로 끌려가더라도 그건 나중 일이었다.

"어서 담아!"

다나까가 소리쳤다. 어머니는 얼른 자루를 가져다 놓고 바가지로 쌀을 퍼 담았다. 준태는 비실비실 어머니를 쫓아다녔다.

"또 감춘 건 없겠지?"

다나까가 어머니를 쏘아보았다. 어머니는 고개를 흔들었다.

"다음엔 국물도 없어."

다나까가 으름장을 놓고는 사립문 밖으로 나갔다. 이 주사는 '끙' 하고 쌀자루를 어깨에 멨다. 그러고는 재빨리 따라나갔다.

"아이구야, 신령님도 무심하시지."

어머니는 그대로 바닥에 주저앉았다. 준태는 이제 오줌이 마렵지 않았다. 그러나 온몸에 힘이 죽 빠져나갔다. 어머니를 따라 풀썩 주저앉고 말았다.

이상한 일이었다. 다나까가 이런 일을 그냥 넘기고 가다니 알 수 없는 일이었다. 전 같으면 당장 주재소로 끌고 갔을 것이다. 일본이 전쟁에 진다는 말이 사실인 모양이었다. 더 중요하게 신경 쓸 일이 있는 게 분명했다.

"이제 무엇을 먹누. 쌀이 없으니……."

어머니가 한숨을 쉬었다.

꼬르륵.

준태는 배를 움켜쥐었다. 눈치도 없이 꼬르륵거리는 배가 얄미웠다. 벌떡 일어나서 마당에 던져진 다래끼_{입구가 좁고 바닥이 넓은 바구니}를 들고는 뒷산을 향해 뛰었다.

흉터 아저씨

산에는 떡갈나무, 신갈나무, 물참나무가 하늘을 향해 쭉쭉 뻗어 있었다. 올려다보면 잎사귀 사이로 열매가 올망졸망 매달려 있었다. 아래로는 칡넝쿨이며 풀이 잘 자랐고 꽃들이 어울려 피었다. 이러한 산속 풍경이 준태의 기분을 풀어 주었다.

준태는 산길가에 있는 개암나무 열매를 만져 보았다. 고깔 같은 모자를 쓴 알맹이가 아직은 물러 보였다. 개암나무 옆으로 조록싸리는 홍자색 꽃을 피웠다. 그런데 싸리꽃 사이로 무언가 어른거리는 것 같았다.

"뭐지?"

준태는 싸리를 들추고 아래쪽을 살폈다. 나무들이 만든 그늘이 사선으로 또는 제멋대로 햇빛 기둥을 만들고 있었다. 그사이 바위 틈으로 빨간색이 보였다. 줄기에 가시와 붉은 털이 덮여 있는 붉은가시딸기가 분명했다.

"야호!"

입안에 침이 고였다. 준태는 부리나케 아래로 내려갔다. 부러진 나뭇가지가 짚신을 뚫고 발을 찔렀다.

"아야!"

준태는 미끄러지면서 엉덩방아를 찧었다.

"준태구나!"

난이가 눈을 동그랗게 뜨고 앞에 나타났다. 아니, 느닷없이 나타난 건 오히려 준태였다.

"여긴 어떻게 왔어?"

준태도 놀라며 물었다.

"딸기 따러 왔지. 우리 마을에는 별로 없거든."

"그래."

준태는 반가운 마음에 난이와 붉은가시딸기를 번갈아 보았다. 딸기는 몇 개 남아 있지 않았다. 이미 난이의 다래끼에 수북이 담겨져 있었다.

"자, 먹어."

난이가 선뜻 다래끼를 앞으로 내밀었다.

"괜찮아."

"어서 먹어. 또 따면 되지."

"그럼, 어디 먹어 볼까."

준태는 허겁지겁 딸기를 입에 넣었다. 수북하던 딸기가 금세 바닥을 드러냈다.

"이건 뭐야?"

준태가 다래끼 바닥에 딸깃물이 든 종이 뭉치를 들어 올리며 물었다.

"아아, 그거!"

난이가 종이 뭉치를 받아 펼쳤다. 시루떡이었다. 구만리, 대홍리에서 시루떡을 만들 만큼 넉넉한 집은 몇 집 안 되었다.

"이상하지? 나도 그래."

난이의 말에 준태는 더욱더 궁금해졌다.

"아버지가 주재소로 끌려가신 다음 날 말이야. 쌀이 든 봉지가 마루에 있더라구. 어머니두 나두 처음엔 잘못 본 줄 알았어. 누가 한 일인지도 모르고. 그래서 한동안 쌀을 그냥 보관했어. 근데 콩이나 밀 같은 것도 조금씩 가져다 놓는 거야. 언제나 몰래 말이야. 오늘 아침에는 이 떡이 마루에 있었어."

난이는 고개를 갸웃거리며 말했다. 그 말에 준태는 퍼뜩 떠오르는 것이 있었다. 어제 승우네 집을 지나다가 떡살 찧는 것을 보았다. 그리고 전에 준태가 난이에게 공책을 건넬 때에도 승우는 모른 척했다. 이제야 알 것 같았다.

"누가 널 좋아하나 보지."

"뭐라구?"

"아, 그냥 농담이야."

준태는 얼른 말을 얼버무렸다.

"내가 작년에 봐둔 데가 있는데 지금쯤 딸기가 엄청날 거야."

준태는 얼른 앞장서서 난이를 따라오라고 손짓했다. 난이가 입을 삐죽이 하고 섰다가 이내 히죽이 웃으며 따라왔다. 그리고 시루떡을 준태에게 건넸다. 떡 맛이 모래를 씹는 것 같았다.

"왜 맛없어?"

"아니야, 어서 가."

준태는 잰걸음으로 산을 올라갔다. 마루턱 동굴 앞에 이르자 등줄기에 땀이 흘렀다.

"좀 쉬었다 가자."

"아직 멀어?"

"산꼭대기 지나서 좀 가면 돼."

"그렇게 먼 거야?"

"가까운 데 있으면 남아나겠어? 기대하라구."

"알았어."

준태와 난이는 나란히 앉아 마을을 내려다보았다. 구만리가 훤히 보였다. 마을 가운데 공터가 있고 뒤로는 창고가 우뚝 솟아 있었다. 창고는 마치 일본인들처럼 마을 초가집 사이에 도도하게 서 있었다. 창고 오른쪽으로는 승우네 기와집이 보였다. 이곳에서 보는 마을은 한없이 평화로웠다. 소양강도 멀리서 보니 개울처럼 보였다.

"그만 가자."

준태가 먼저 일어나 난이 손을 잡아 일으켰다.

산꼭대기를 지나 내리막길로 접어들었다. 숲은 사람들이 다니지 않는 곳이라 칡넝쿨이 가로막곤 했다.

'난이가 실망하면 어쩌지?'

올해는 가 보지 않았기 때문에 딸기가 많을지 어떨지 걱정이었다. 그래서 준태는 걸음이 자꾸 빨라졌다. 난이가 숨을 헐떡이며 쫓아왔다. 그러나 괜한 걱정이었다. 앞서가던 준태는 입을 딱 벌리고 멈춰 버렸다.

초록 사이에 수많은 붉은 점들. 푸른 들판에 딸기를 쏟아부은 것 같았다. 그런데 그사이에 어떤 남자가 서 있었다. 준태는 얼른 난이 손을 잡아끌고 풀숲에 몸을 숨겼다.

"왜 그래?"

난이가 얼떨결에 엉덩방아를 찧으며 물었다. 준태는 얼른 난이 입을 틀어막았다. 그리고 남자를 손가락으로 가리켰다.

남자는 며칠 굶은 사람처럼 연신 딸기를 따서 입에 넣었다. 입가에는 새빨간 물이 들어 볼썽사나웠다.

"누구지?"

준태가 목소리를 낮추었다.

"나두 모르겠어."

난이가 대답했다.

그때 남자가 고개를 돌려 이쪽을 힐끗 바라보았다. 숨이 멎는 듯 오싹했다. 오른쪽 볼에 칼로 그은 것 같은 흉터가 선명했다. 키도 굉장히 컸다. 마을 사람들 중에서 제일 큰 형식이 아버지보다도 클 것 같았다.

"가자."

준태가 난이 귀에 대고 속삭였다.

"딸기를 두고 그냥 가자구? 안 돼."

난이가 단호하게 말했다. 준태는 다리가 후들후들 떨렸다. 아무튼 난이는 자기 아버지를 닮아서 겁이 없는 게 분명했다.

남자가 보퉁이를 들었다. 이쪽을 향해 걸어오기 시작했다. 준태와 난이는 숨을 죽이고 몸을 푹 엎드렸다. 남자는 바로 옆을 지나 성큼성큼 걸어서 숲속으로 사라졌다.

"저기로 가면 우리 마을인데……."

준태가 슬며시 몸을 일으키며 속삭였다.

"이제 갔어. 가자."

난이는 메뚜기가 튀듯 딸기를 향해 달려나갔다.

그 후에도 준태는 산나물을 뜯으러 다녔다. 혹 흉터 아저씨를 만나면 어쩌나 하는 걱정이 없는 것도 아니었다. 어머니에게 흉터 아저씨에 대해서는 한 마디도 하지 않았다. 괜히 걱정만 끼쳐 드릴 게 분명했다. 다행히 흉터 아저씨와 만나는 일은 일어나지 않았다.

그러던 어느 날이었다.

다래끼를 메고 산을 내려오는데 마을 쪽이 시끄러웠다. 사람들이 고함을 지르며 공터 쪽으로 몰려가고 있었다.

"뭐라고 하는 거야?"

멀어서 무슨 소린지 알 수가 없었다. 그러나 마을 쪽으로 가까이 다가갈수록 소리는 분명해졌다.

"대한 독립 만세!"

어머니가, 아버지가, 사람들이 외치고 싶었던 바로 그 소리였다. 그 소리를 지금 사람들이 외쳐대고 있었다.

"만세! 대한 독립 만세!"

준태도 소리 내어 외쳐 보았다. 한 번, 두 번……. 목소리는 가슴으로부터 목을 타고 밖으로 크게 터져 나왔다. 이젠 아무리 외쳐도 뭐랄 사람이 없었다.

불에 탄 창고

이 주사는 대문을 굳게 잠그고 안절부절못했다. 며칠 전에
다나까가 도망을 치라고 귀띔했었다. 어젯밤에 형식이 아버지가
떠난다고 왔을 때도 설마 하고 고개를 저었다. 형식이 아버지는
이 주사네 일을 돌보는 사람이었다.

"애들을 데리고 어서 뒷문으로 나가요."

"어디로 가란 말이에요? 같이 있겠어요."

"애들은 살려야 할 거 아니오."

이 주사가 가족들을 떠밀며 다급하게 말했다. 승우 어머니는
겁에 질린 어린 평우를 안고 꼼짝도 하지 않았다.

쾅! 쾅! 쾅!

대문이 거세게 흔들렸다. 사람들이 몰려온 모양이었다.

"어서 문 열지 못해!"

"당장 부술 테다!"

성난 목소리가 들려왔다.

"어서 광으로 들어가요."

도망가기에는 이미 늦었다. 이 주사는 가족들을 광으로 밀어 넣었다. 평우가 놀랐는지 울먹이기 시작했다. 승우 어머니는 얼른 평우 입을 틀어막았다. 평우 얼굴이 새빨개졌다.

"조금만 참어. 응?"

승우 어머니가 나직이 속삭였다. 이 주사는 지푸라기로 가족들을 덮고 쌀가마니로 앞을 가렸다. 그러고 나서 광문을 닫고는 천천히 대문을 향해 걸어갔다.

"쪽바리 개가 제 발로 걸어나오는군."

대문을 열자 앞에 섰던 사람이 다짜고짜 이 주사의 멱살을 잡았다.

"뭐 하나? 어서 끌고 가자구."

옆에 섰던 사람이 재촉했다.

"쪽바리 개에겐 이 밧줄이 제격이지."

한 사람이 밧줄로 목을 감았다. 이 주사는 공터로 끌려 나오면서 강 건너 주재소가 불타는 것을 보았다.

공터에는 벌써 많은 사람들이 모여 있었다.

"우리를 괴롭힌 만큼 혼내 주자구. 그래야 공평하지."

한 사람이 다가와 이 주사의 다리를 걷어찼다. 이 주사는 그 자리에 푹 고꾸라졌다.

"쪽바리 개새끼, 기어! 기라구!"

다른 사람이 또 걷어찼다. 이 주사는 겨우 몸을 가누고 엉금엉금 기었다.

"그래, 그래. 잘한다!"

모두들 이 주사를 에워쌌다. 그리고 '우' 하고 몰려들어 발길질을 시작했다. 사정없이 매질은 계속되었다.

이 주사는 점점 사람들 소리가 멀어지는 것을 느꼈다. 그러고는 정신을 잃었다.

"제발 살려 주세요."

잠시 후 승우 어머니도 끌려왔다. 승우는 어린 평우를 업고 옆에 서서 덜덜 떨었다.

"정가는 벌써 도망갔더군. 쥐새끼 같은 놈."

정가는 형식이 아버지를 말하는 것이었다. 승우 어머니를 끌고 온 사람이 욕을 해 댔다. 그러면서 승우 어머니를 이 주사 옆으로 밀어 넘어뜨렸다.

"아이고, 이게 어떻게 된 일이에요. 승우 아버지!"

승우 어머니가 울음을 터뜨렸다.

"쪽바리 개들도 울 줄은 아는군."

한 사람이 승우 어머니를 걷어찼다. 승우 어머니가 비명을 질렀다.

"어머니!"

승우는 어머니를 향해 달려갔다. 그러나 어머니에게 가기도 전에 사람들에게 걷어채였다. 그 와중에 펑우를 바닥에 떨어뜨렸다. 펑우가 자지러지게 울었다. 펑우를 안으려고 기어가다 또 발길에 채어 나뒹굴었다. 이마가 무척 아팠다. 돌에 찍힌 모양이었다. 피가 줄줄 흘러 내렸다.

"그만들 하시오!"

그때 고함 소리가 들려왔다. 그 소리가 얼마나 크던지 모두들 깜짝 놀라 뒤를 돌아보았다. 까만 바지와 하얀 와이셔츠 차림의 사람이었다. 얼굴과 팔뚝에 흉터가 선명했다.

"자네, 혹시?"

가까이 있던 사람이 흉터 아저씨를 뚫어지게 살폈다.

"맞구먼!"

그리고는 흉터 아저씨의 손을 덥석 잡았다.

맞은편에 섰던 준태는 깜짝 놀랐다. 그러나 준태만 놀란 것이 아니었다. 준태 손을 잡고 있던 어머니 손이 파르르 떨렸다. 흉터 아저씨가 잠시 어머니를 바라보았다. 준태는 고개를 돌려 어머니를 보았다. 눈망울이 커다랗게 변하더니 이내 이슬방울이 맺혔다.

"아버지야."

어머니가 떨리는 목소리로 말했다. 준태는 잠깐 동안 시간이 멈춘 듯 귀가 멍해졌다. 아버지 눈길이 서서히 준태 쪽으로 옮겨왔다. 아버지와 눈길이 마주쳤다. 그 눈길이 준태를 빨아들일 것 같은 착각이 들 정도였다.

'모르겠어.'

준태는 그동안 아버지와의 만남을 수없이 그려왔다. 그러나 준태가 그리던 아버지의 모습과는 많이 달랐다.

아버지는 얼른 시선을 거두고는 사람들 가운데로 걸어 나갔다. 마을 사람들이 아버지를 둥글게 에워쌌다.

"우리는 하나입니다. 같은 피를 나눈 동포란 말입니다. 서로 싸우고 시기하는 동안에 우리나라는 침략을 받았습니다. 그리고 나라를 빼앗겼습니다. 36년 동안 우리가 받은 고초를 생각해 보십시오. 우리가 하나로 뭉쳐 힘이 있었다면 나라를 빼앗기지는 않았을 것입니다. 나는 독립운동을 하면서 나라를 빼앗기기는 쉬워도 찾기가 얼마나 어려운지 알았습니다. 이제부터라도 우린 뭉쳐야 합니다. 한마음으로 모아서 일어서야 합니다."

아버지가 큰 소리로 외쳤다. 사람들은 이내 조용해졌다.

"여기 이 주사, 이 사람도 우리와 같은 피해자입니다."

아버지가 쓰러져 있는 이 주사를 가리켰다.

"그게 말이나 되는 소리요? 저런 놈이 같은 민족이라니……."

"맞아요, 저 놈은 같은 민족을 포기한 놈이란 말요."

마을 사람들은 이해할 수 없다는 표정이었다.

"물론 압니다. 그러나 이 사람은 우리 민족의 깊은 상처입니다. 치료하지 않고 긁기만 한다면 상처만 더 커질 뿐입니다."

아버지는 조금도 움직이지 않고 당당한 모습으로 외쳤다. 준태는 그런 아버지가 서먹하게 느껴졌다. 하고 있는 말도 이해가 가지 않았다.

"이 마을에서 쫓아냅시다!"

"옳소!"

"살려 주는 것만도 감지덕지지."

마을 사람들이 외쳤다. 그때 이 주사가 정신이 드는지 신음 소리를 냈다. 승우 어머니는 마을 사람들 눈치를 보며 얼른 이 주사를 껴안아 일으켰다. 승우와 평우도 어머니 곁에 바짝 붙어 섰다.

"어서 마을을 떠나시오!"

아버지가 이 주사를 보고 말했다.

"어서 썩 꺼져 버려!"

"눈에 띄면 가만두지 않을 테다!"

사람들이 소리쳤다.

승우 어머니가 이 주사를 부축해서 일으켰다. 승우도 아버지를 붙잡았다. 평우는 어머니 옷자락을 잡았다. 네 사람이 마을 사람들 사이를 헤치고 걸어나갔다. 절뚝이며 걷는 뒷모습을 마을 사람들은 잠시 지켜보았다. 준태는 축 처진 승우 모습을 보자 이상하게 기분이 우울해졌다.

"자, 창고로 갑시다!"

준태는 잠시 생각에 잠겨 있다가 사람들이 외치는 소리에 화들짝 정신이 들었다. 사람들이 '우' 하고 창고 쪽으로 몰려갔다.

어느새 사람들은 창고 문을 부수기 시작했다. 안에는 곡식이 하나도 남아 있지 않았다. 벌써 어디론가 모두 실어 보낸 모양이었다.

성난 사람들이 창고에 불을 질렀다. 승우네 집과 형식이네 집도 불태웠다. 마을 한가운데서 불길이 타올랐다. 오랜 억압을 태우고 한동안 꺼질 줄을 몰랐다.

얼마 후, 남은 불씨마저 꺼져 가자 마을 사람들은 하나둘씩 집으로 돌아갔다. 공터엔 아버지와 어머니, 그리고 준태만 남아 있었다.

"그동안 고생 많았소."

아버지가 다가와 어머니 손을 잡았다.

"어디 나만 겪은 건가요."

어머니 얼굴이 붉어졌다. 준태는 그런 어머니 뒤에 엉거주춤
서서 땅바닥만 내려다보았다.

"준태, 많이 컸구나."

한결 부드러워진 아버지의 음성이었다.

"어서 인사드려야지."

어머니가 준태를 아버지 앞으로 밀었다. 준태는 땅바닥에 엎
드려 넙죽 절을 올렸다. 오랜만에 어른을 뵈면 그렇게 하라고 어
머니가 일러주었기 때문이었다. 아버지가 한 걸음 다가와 준태
를 일으키더니 덥석 안았다.

"미안하다. 준태야!"

아버지가 나직이 속삭이듯 말했다. 준태는 무엇이 미안하다
는지 빨리 이해할 수가 없었다.

'아버지.'

준태는 오랫동안 가슴속에 묻었던 말을 목까지 끌어올렸다.
그러나 입 밖으로 새어 나오지는 않았다.

동굴 속 사람

준태는 마루 끝에 앉아서 비가 내리는 것을 바라보았다. 빗방울이 바닥에 떨어지면서 골을 팠다. 그 골을 따라 빗물이 낮은 곳으로 흘러가고 있었다.

"신기하지? 빗물이 제 갈 곳을 찾아가는 게 말이야."

아버지가 옆에 와서 앉으며 말했다.

"빗물이 어디로 가는 건데요?"

준태는 여전히 앞을 보며 물었다.

"소양강으로 가겠지. 그리고는 결국 바다로 흘러들지. 바다로 간 물은 하늘로 올라가서 다시 비가 되고. 그렇게 순환하는 거야. 사람들은 때때로 앞에 보이는 것만 바라보지. 저 빗방울처럼 말이야. 그 다른 면까지 본다면 서로를 더욱 이해하게 될 텐데."

아버지가 대답했다.

준태는 고개를 돌려 아버지를 잠깐 바라보았다. 준태를 보는 아버지 눈길이 그윽했다. 준태는 얼른 앞쪽으로 눈길을 돌렸다. 아직도 아버지가 서먹하긴 마찬가지였다. 지금처럼 알 듯 말 듯 한 말을 하면 더욱 그랬다.

"그런데요, 소양강 물은 어디서부터 오는 거예요?"

준태가 전부터 궁금해하던 것이었다. 아버지는 아는 것도 많고 여러 곳을 여행했으니까 분명 대답해 줄 수 있을 것 같았다.

"소양강 물이 춘천까지 이어진다는 것은 알고 있니? 그러니까 소양강은 인제군 서화면의 무산이라는 곳에서 시작된단다. 설악산의 북천, 방천, 계방산의 내린천 지류와 합쳐져서 흐르지. 길이가 무려 156.8킬로미터로 강원 중부 지역을 남서류하여 춘천 북쪽에서 북한강과 만난단다."

"그다음에는요?"

"강화만에서 서해로 흘러들기까지 홍천강, 경안천 등 여러 지류와 합쳐진단다. 그러니까 강물은 무산에서 서해까지 흘러가는 거지."

"그렇게나 멀리요?"

준태는 아직 한 번도 가 보지 못한 곳을 강물이 흘러가는 게 신기하게 생각되었다. 그러고 보니 매일 보는 강물이 같은 강물이 아니었던 것이다. 계속해서 골을 파고 있는 빗방울도 새롭게 보였다.

다음 날은 언제 그랬냐는 듯 비가 뚝 그쳤다. 그러나 하늘에는 아직도 먹구름이 턱 버티고 있었다. 언제라도 비를 퍼부어 댈 듯이 웅크리고 있었다.

준태는 마당에 나와 서서 뒷산을 쳐다보았다. 산은 안개에 쌓여 어슴푸레했다. 들판은 물기를 흠뻑 먹어 군데군데 물웅덩이를 안고 있었다. 해방이 된 후 들떠 있던 기분이 착 가라앉았다. 아직도 해방이 되었다는 게 믿어지지가 않았다. 아버지가 돌아왔다는 것도 실감이 나지 않을 때가 더 많았다.

"준태야!"

난이가 사립문을 들어섰다.

"이리 와 봐."

난이가 제집처럼 마루에 가 앉으며 손짓했다. 준태는 무슨 일인지 몰라 난이 옆에 가서 앉았다. 난이는 어깨에 멨던 다래끼를 마루에 벗어 놓고는 헉헉거리며 가쁜 숨을 몰아쉬었다.

"내가 뭘 봤는지 알아?"

"뭔데?"

"동굴 있지? 왜 전에 딸기 따러 가다가 쉬던데 말야."

"응."

"거기 누가 있는 것 같아. 무슨 소리가 들리더라구."

"정말이야?"

"같이 가 보자."

난이가 침을 꼴깍 삼키며 말했다.

"그래두."

"뭐가 그래두야. 가면 가는 거지."

난이가 다그쳤다. 준태는 난이 말이라면 뭐든지 들어주었다. 그러나 이번 일은 내키지가 않았다. 누군가가 동굴에 숨어 있다면 위험한 사람임에 틀림없었다. 아직 도망치지 못한 일본인이거나 친일파일 것이다. 그런 사람에게 걸리면 무슨 해코지를 당할지도 모른다.

그러나 결국 준태는 난이에게 이끌려 산으로 향했다.

산은 며칠 내린 비로 바닥이 미끄러웠다. 때때로 '횡횡' 하고 바람이 지나갔다. 낮인데도 산속은 어두컴컴했다. 숲속에서 뭔가 이쪽을 노려보는 것 같기도 했다. 나뭇잎에 고여 있던 물방울이 떨어지자 소름이 돋았다.

난이는 칡넝쿨을 헤치며 앞서 가다 동굴이 보이자 멈췄다. 둘은 풀숲에 숨어 동굴 안을 보려고 눈을 홉떴다.

우르릉 쾅!

그때 천둥이 울었다. 둘은 깜짝 놀라 나무에 기대어 심호흡을 했다. 주위가 더욱 깜깜해졌다. 이어 번쩍 하고 번개가 쳤다. 갑자기 뒤쪽에서 부스럭거리는 소리가 났다. 둘은 소스라치게 놀라 돌아보았다. 누군가가 떡갈나무 뒤로 숨었다.

"여차하면 뛰는 거야."

준태가 속삭였다. 난이가 고개를 끄덕였다. 갑자기 비까지 쏟아지기 시작했다. 떡갈나무 뒤에 숨었던 사람이 바로 옆 나무로 이동했다.

"자, 하나 둘 셋!"

준태와 난이는 동시에 발을 떼었다.

"아악!"

난이가 비명을 지르며 쓰러졌다. 바닥이 질퍽해서 미끄러지며 엎어졌던 것이다. 준태는 얼른 난이를 붙잡았다.

"어어."

준태는 쓰러진 난이를 일으키려고 힘을 주다가 함께 넘어지고 말았다.

"자!"

그때 누군가가 손을 내밀었다. 떡갈나무 뒤에 숨었던 사람이었다. 준태와 난이는 겁에 질려 그 사람을 올려다보았다.

"승우, 네가… 어떻게?"

난이가 더듬더듬 말을 이었다. 준태는 입만 벌리고 아무 말도 하지 못했다. 승우가 겸연쩍게 웃었다. 난이가 얼른 승우 손을 잡고 일어났다. 준태는 질펀한 바닥을 손으로 짚고 일어났다.

'알다가도 모르겠어. 이런 상황에 저 녀석 손을 잡고 일어나다니.'

준태는 속으로 투덜거렸다. 그러나 난이는 어느새 승우를 따라 동굴로 들어서고 있었다.

"빨리 와!"

난이가 뒤를 돌아보며 소리쳤다.

"알았어, 알았다구."

준태는 마지못해 어슬렁어슬렁 따라갔다.

이 주사의 눈물

"뭐 하냐? 계속 비 맞고 서 있을래?"

난이가 동굴 앞에서 준태를 보며 눈을 흘겼다. 준태는 땅바닥을 툭툭 차며 슬쩍 승우를 곁눈질했다. 이마 한가운데에 딱지가 져서 거뭇다. 다 나아도 흉터가 남을 것 같았다. 그런 모습을 보니 조금 안 됐다는 생각이 들기는 했다.

"저 왔어요!"

승우가 먼저 동굴 안으로 걸어 들어갔다. 동굴은 생각보다 넓었다. 수십 미터 정도의 길이에 숙이지 않고도 서 있을 수가 있었다.

"엄마!"

평우가 달려오다가 화들짝 놀라 다시 안으로 들어갔다. 뒤이어 오던 승우 어머니의 얼굴이 굳어졌다.

"안녕하세요?"

난이가 평소처럼 인사를 했다. 준태는 얼떨결에 고개만 조금 숙였다.

"괜찮아요, 친구들이에요."

승우가 어른스럽게 말했다.

"그래, 먹을 것 좀 찾았니?"

"예."

승우는 다래끼를 어머니에게 건넸다.

"자, 들어오너라."

승우 어머니가 안으로 들어가며 말했다. 캄캄한 안쪽에서 신음 소리가 들려왔다.

"으으… 승우… 왔냐?"

이 주사가 간신히 몸을 일으키고 이 쪽을 보았다.

"누, 누구요?"

"준태하고 난이가 왔어요."

"누구라고?"

이 주사가 깜짝 놀랐는지 몸을 웅크렸다. 그러나 이내 마음을 진정하고 자세를 고쳐 앉았다.

"그래, 어서 오너라."

이 주사는 양손을 뻗어 준태와 난이 손을 잡았다. 온몸에 피멍이 들어 시퍼랬다.

"내가 몹쓸 짓을 많이 했지? 용서들 해라."

이 주사는 말끝에 신음 소리를 달며 겨우 말을 이었다. 그러면서 눈물을 흘렸다. 그걸 보자 준태는 어찌할 바를 몰랐다. 언제나 거만했던 이 주사였다. 얼마 전에도 온 집안을 쑥대밭으로 만들어 놓고 마지막 남은 쌀을 빼앗아 갔다. 그땐 이 주사가 미웠다. 일본인들보다 더 미웠다. 그런 사람이 이제 와서 무슨 염치로 눈물을 흘리나. 그러면 그동안의 일들이 모두 용서될 줄 아는 모양이었다.

더 알 수 없는 건 난이의 태도였다.

'자기 아버지가 이 주사 때문에 모진 매를 맞았는데도 아무렇지도 않게 저럴 수가 있는가. 억울하지도 않나?'

"뭘 대접할 수도 없고……."

이 주사는 준태와 난이를 번갈아 보며 미안한 표정을 지었다. 웃는 것 같았지만 상처와 멍 때문에 얼굴이 무섭게 일그러졌다.

"아니에요, 괜찮아요."

난이는 얼른 이 주사를 자리에 눕혔다. 그러고는 준태와 승우에게 눈짓을 했다. 승우가 알았다고 고개를 끄덕였다. 난이는 승우 어머니에게 인사하는 것도 잊지 않았다. 준태는 어정쩡하게 둘을 따라 다시 동굴을 나왔다.

"너라는 거 알아."

난이가 밑도 끝도 없이 불쑥 말을 꺼내며 동굴 입구에 앉았다. 승우도 난이 곁에 앉았다. 준태는 여전히 어정쩡하게 뒤에 서 있었다.

난이가 눈에 힘을 주며 자기 옆에 앉으라고 손으로 바닥을 탁탁 쳤다. 준태는 난이를 사이에 두고 승우와 나란히 앉았다.

"뭘?"

승우가 물었다.

"처음에 누군지 모를 땐 그저 고마웠어. 그런데 너라는 걸 알고는 화가 났지. 병 주고 약 주나 하고 말이야. 그러나 너희 아버지가 너는 아니잖아. 그렇게 생각하니까 너희 아버지와 네가 따로 보이는 거야."

난이가 말했다.

"고마워, 이해해 줘서. 사실은 우리 아버지 때문에 나도 괴로웠어. 뻐기고 다니는 것도 그 마음을 감추기 위해서야. 애들이 날 싫어한다는 거 알아. 앞에선 헤헤거리지만 뒤에선 욕한다는 것도. 나라도 그랬을 거야."

"그런 생각까지 하는 줄 몰랐어."

"그런데 말이야. 그렇지 않은 녀석이 있긴 했어. 대놓고 날 무시하고 코피까지 터뜨린 녀석 말이야. 나라면 그렇게 하지 못했을 거야. 겉으론 비웃었지만 속으론 얼마나 부끄러웠는지 몰라. 그날 싸움은 녀석이 이긴 거야. 난 한 방 크게 얻어맞은 거지."

승우가 말을 하는 동안 준태는 무언가 마음속으로 쿵 하고 떨어지는 것을 느꼈다. 녀석이 그런 생각을 하고 있다고는 꿈에도 생각지 못한 일이었다. 준태는 승우를 그냥 못된 아이라고만 생각해 왔다. 갑자기 엉킨 실타래를 안은 것처럼 머릿속이 복잡해졌다.

'그래, 난이도 용서했는데……. 그리고 녀석 잘못이 아니잖아. 아버지도 그러셨어. 우리는 하나라고.'

준태는 여러 가지 생각을 했다. 그러나 그렇게 쉽게 용서를 할 수 있단 말인가. 잘못을 하고 뉘우치기만 하면 된단 말인가.

"미안해, 준태야. 정식으로 사과할게."

승우가 벌떡 일어나 준태에게 손을 내밀었다. 준태는 잠시 망설이며 생각을 가다듬었다.

"미안하다잖아."

난이가 얼른 준태 손을 승우 손에 쥐어 주었다. 얼떨결에 준태는 승우와 악수를 하고 말았다.

"그럼 내 추리 좀 들어 볼래? 승우가 범인이란 걸 알기까지 말이야."

난이는 준태와 승우를 다시 자기 곁에 앉히고 말을 이었다.

"공책 종이였어. 떡을 쌌던 종이 말이야. 분명 우리 반에 있는 아이였지. 종이에 쓰여 있던 숙제가 우리 반 거였거든. 그렇다면 우리 마을엔 후보가 없고, 너희 마을에 있을 텐데 말이야. 강력한 후보는 승우와 형식이로 압축됐지. 떡을 만들 만큼 넉넉한 집은 두 집뿐이었거든. 그리고 난 한 가지를 더 알아냈지. 난 늘 강가에서 지내거든. 그래서 누가 언제 강을 건너는지 환하게 꿰고 있단 말야. 결국 승우 네가 강을 건너올 때 무언가가 놓여 있었지. 어때?"

"야아, 굉장한데."

승우가 맞장구를 쳤다. 준태도 그렇게 말해 주고 싶었다. 그러나 쉽게 말이 되어 나오지는 않았다. 어쩐지 승우가 아직도 서먹했기 때문이었다.

"준태야, 너희 아버지에 대해 그렇게 말한 건 진심이 아니야. 사실은 부러웠어."

승우가 준태를 건너다보며 말했다. 그 말을 듣자 준태는 얼굴이 몹시 화끈거렸다. 승우가 그런 생각을 하는지도 모르고 녀석을 나쁜 아이라고만 생각했다. 그리고 지금은 아버지가 돌아오시지 않았는가. 이제는 승우네와 준태네가 상황이 뒤바뀐 상태다. 지금 승우를 용서하지 않는다면 결국 똑같은 사람이 될 것 같았다.

'좋아, 지난 일은 잊자.'

준태는 스스로에게 다짐하고는 승우를 보았다. 눈이 마주쳤
다. 싱긋 웃어 주었다. 그러자 승우도 따라 웃었다. 어느새 비가
그쳤는지 숲속에선 안개가 몽글몽글 피어올랐다.

승우의 편지

"내 비밀 장소를 공개할게."

승우가 앞서가며 말했다. 준태와 난이는 승우를 따라가며 주위를 둘러보았다. 비 그친 산은 다른 세상 같았다. 나뭇잎들은 비에 젖어 싱그러웠다. 지나갈 때 물방울을 톡톡 떨구었다. 컴컴한 숲길을 지나고 키 큰 신갈나무를 지나자 커다란 바위가 나타났다.

"저기야."

승우가 먼저 바위를 기어 올라갔다. 준태는 미끄러워서 몇 번이나 몸을 납작 엎드리고 멈춰야 했다. 그 모습을 보고 난이가 킥킥거렸다.

바위를 올라가자 윗부분이 평평했다. 셋은 젖은 바위에 털썩 주저앉았다. 동굴에서보다 마을이 훨씬 잘 보였다. 강뿐만 아니라 건넛마을 대홍리도 훤히 보였다. 그 뒤로는 산들이 첩첩이 겹쳐 있었다.

"여기가 내 자리야. 혼자 있고 싶을 때 오던 내 비밀 아지트. 친구가 되었으니 이젠 우리 모두 거야."

승우가 웃었다.

"나도 비밀 아지트가 있는데."

준태는 무심코 튀어나온 말꼬리를 삼켰다.

"어딘데?"

승우와 난이가 동시에 물었다.

"으응, 미리 말하면 재미없지."

준태가 얼른 둘러댔다. 승우가 함께 갈 수 없다는 생각이 나서였다. 승우도 그걸 눈치챈 모양이었다.

"알았어. 이곳이 왜 좋은지 아니?"

"모르지, 우린."

준태와 난이가 합창을 했다.

"멀리까지 보여서 좋아. 먼 곳을 바라보면 답답한 가슴이 뻥 뚫리거든."

승우가 먼 곳을 바라보며 말했다. 준태는 승우도 자기처럼 괴로울 때가 있었다는 것을 알았다. 그동안 승우는 아무런 걱정도 없을 것이라고만 생각했었다.

"그러고 보니 나도 그렇다."

준태는 그런 승우가 안돼 보였다.

"자식."

승우가 준태를 툭 치며 씨익 웃었다.

"곧 여길 떠날 거야."

승우는 금세 얼굴 표정이 굳어지며 말했다.

"정말? 어디로 갈 건데?"

"글쎄, 가 봐야지."

승우 눈길이 다시 먼 곳으로 향했다. 구만리를 지나고 강을 건너 대홍리를 지나 더 멀리로 달아나고 있었다.

"하지만 꼭 돌아올 거야."

승우가 다짐하듯 말했다. 준태와 난이는 허탈한 심정으로 앞쪽에 펼쳐진 풍경을 바라보았다. 그때 구름 사이로 해가 나타났다. 강 건너 산에 그림자가 생겼다. 그림자는 사선으로 움직이며 산에 커다란 무늬를 그렸다. 셋은 한동안 아무 말도 하지 않고 그것을 바라보았다.

그 후에도 준태와 난이는 산에 자주 갔다. 쌀을 조금씩 몰래 가져갔다. 승우 아버지에게 미음을 만들어 주기 위해서였다. 어서 빨리 회복되길 바랐지만 사실은 그 반대였다. 병세는 점점 악

화되고 있었다.

준태는 승우와 난이를 강비탈 바위 아지트로 데려가고 싶었다. 그러나 승우가 마을을 지나 강까지 간다는 것은 불가능한 일이었다. 마을 사람들에게 들키는 날이면 어떤 일이 벌어질지 몰랐다. 승우가 떠나기 전에 데려가고 싶었지만 그게 쉽지는 않을 것 같았다.

"준태야!"

어느 날 산을 내려오는데 승우가 뒤에서 불렀다. 난이는 앞서 경중경중 뛰며 산길을 내려가는 참이었다.

"부탁이 있어. 난이 말야. 잘 보살펴 주라."

승우가 머리를 긁적이며 어색하게 웃었다.

"알았어."

준태는 고개를 끄덕이며 '자식, 난이 좋아하는 거 모를까 봐.' 하고 속으로 중얼거렸다.

'내가 말 안 해도 잘해 주겠지만.'

승우는 승우대로 혼자 생각했다. 그러고는 준태 손을 꼭 잡았다. 이상했다. 그렇게 밀던 승우가 갑자기 좋아진 것이 마치 요술에 걸린 것 같았다.

"어서 들어가."

준태는 승우를 뒤로하고 산을 내려왔다.

그 후 며칠 동안 비가 많이 내렸다. 죽죽 그어 대는 빗줄기는 산과 들판을 흠뻑 적시고도 계속해서 내렸다. 준태는 집 안에 틀어박혀 꼼짝도 하지 못했다.

"어서 먹고 나와. 오늘은 할 일이 많다."

아침을 먹자 아버지가 먼저 마당으로 나갔다. 준태는 허겁지겁 밥을 입에 털어 넣고 따라 나갔다.

비가 그친 들판은 한결 파릇했다. 벼도 눈에 띌 만큼 자라 있었다. 논 군데군데에는 피_{벗과의 한해살이풀}가 삐죽삐죽 솟았다.

"자, 누가 많이 뽑나 내기할까?"

아버지가 장난스럽게 말하며 달리기 출발선에 선 사람처럼 피에 손을 갖다 댔다.

"좋아요, 아버지."

준태는 두 팔을 걷어붙이고 피를 잡았다.

요즘 준태는 아버지와의 거리가 가까워진 느낌이었다. 무뚝뚝한 인상에 살가운 말을 잘하는 아버지는 아니었다. 그러나 준태를 바라보는 아버지 눈길은 달랐다. 사랑이 듬뿍 담긴 눈길을 언제나 느낄 수가 있었다. 그리고 흉터 때문에 험해 보이는 인상도 자꾸 보니까 아무렇지도 않았다.

"그럼 시작!"

아버지가 외쳤다. 준태는 아버지와 일하는 게 좋았다. 그냥

뽑으려면 귀찮은 일인데 시합을 하니까 일이 즐거웠다.

"좀 천천히들 하시지."

이어 어머니도 팔을 걷어붙이고 논으로 들어왔다.

"올핸 수확이 많겠어요."

"그렇게 좋소?"

"그럼요, 이젠 다 우리 거잖아요. 빼앗아 갈 순사도 없고."

어머니는 허리를 펴고 벼를 어루만졌다. 벼가 바람에 흔들렸다. 넘실거리는 푸른 들판이 어머니의 가슴을 뭉클하게 하는 것 같았다. 어머니 눈에 이슬방울이 또 맺혔다. 준태도 이제 슬프지 않았다. 그런 어머니 모습이 좋아 보였다. 그러나 가슴 한 구석에서는 쓸쓸한 바람이 불었다.

"아무 일 없겠지."

준태는 고개를 들어 뒷산을 바라보았다. 벌써 며칠째 승우에게 가 보지 못했다.

'비가 와도 가 보는 건데. 일 끝나면 얼른 가 봐야겠어.'

이상하게 가슴이 두근거렸다. 그리고 자꾸 불안한 생각이 들었다.

"좀 쉬어 가면서 해라. 내가 졌다."

준태가 죽기 살기로 피를 뽑자 아버지가 말했다. 사실은 시합 때문이 아니었는데 말이다. 준태는 아버지 눈치를 보면서 손놀

림을 늦추지 않았다.

해가 뉘엿뉘엿 지자 논두렁에 걸쳐 놓은 피를 한곳으로 모았다. 준태는 피를 안아 나르며 길가 쪽으로 자꾸 눈길이 갔다. 그때 산 밑에서 난이가 나타났다.

"아버지, 잠깐만요."

준태는 피를 내팽개치고 난이를 향해 달려갔다.

"없어, 아무도 없다구."

난이가 숨을 헐떡이며 말했다.

"뭐라구?"

"이거, 편지야."

난이는 너무 꽉 쥐어서 꼬깃꼬깃하게 된 종이를 내밀었다. 준태는 얼른 종이를 펼쳤다.

준태와 난이에게

아버지가 돌아가셨어.

새벽에 동굴 옆 양지바른 곳에 모셨어. 비가 그쳐서 그런지 온 세상이 너무 밝다. 너희들을 만나고 가고 싶지만 엄마가 서두르셔서……. 한시라도 빨리 떠나고 싶어 하셔. 이제 아버지가 안 계시니까 더 그러신가 봐.

더 쓰고 싶지만 시간이 없어. 잘 지내. 언젠가는 꼭 다시 만날 거야.

그리고 준태야. 내가 했던 부탁 기억하지? 꼭 지켜 주길 바라. 내 몫까지 더해서 말야.

너희들의 친구 승우가

준태는 종이쪽지를 꼭 쥐었다. 난이를 잘 보살펴 달라는 마지막 말이 생각났다. 해가 서쪽 산등성이를 물들였다. 난이 얼굴이 발갛다. 들판이며 마을 집들도 노을빛으로 물들었다. 하늘마저 붉어서 온통 하나인데 이제 승우를 만날 수가 없는 것이다.

준태는 산을 향해 뛰었다. 동굴 옆에는 아직도 마르지 않은 흙이 봉긋했다. 승우 아버지의 무덤이었다.

잉어를 낚다

아침 해가 유난히도 밝았다.

아버지는 마당에서 대나무를 들고 칼로 표면을 매끈하게 다듬고 있었다. 껍질이 바닥에 쌓였다가 바람에 흩날렸다. 그걸 보면서 준태는 쌓을 것도 허물 것도 없다는 생각을 했다. 승우와 정이 쌓여 가나 싶었는데 훌쩍 떠나 버렸다.

"이리 와 봐라."

아버지가 잘 다듬어진 대나무 두 개를 손끝으로 쓰다듬으며 준태를 불렀다. 준태는 힘없이 댓돌에 놓인 신발을 찾아 신었다.

"낚싯대란다."

"고기 잡으시게요?"

"그래. 네 것도 있어."

"정말이요?"

"안방에 가서 내 가방 좀 가져오너라."

준태는 후다닥 안방으로 들어가서 가방을 가지고 나왔다. 아버지는 가방에서 낚싯줄과 낚시찌, 낚싯봉, 낚싯바늘을 꺼냈다. 전에 승우와 이 주사가 낚시하는 것을 본 적이 있었다. 준태는 낚시를 무척 해 보고 싶었다. 개울에서 물고기를 몰아 망으로 잡는 것 말고 진짜 낚시를 해 보고 싶었다.

"잘 봐라. 별거 아냐."

아버지는 대나무 한 개를 준태에게 건넸다. 준태는 대나무를 받아 들고 이리저리 만져 보았다. 아버지가 대나무에 줄을 매달고 낚싯봉과 낚시찌, 낚싯바늘을 묶었다. 준태도 얼른 그대로 따라 했다. 금세 훌륭한 낚싯대가 만들어졌다.

"흠, 됐어."

"저도요."

아버지는 낚싯대를 이리저리 휘두르며 흡족한 표정을 지었다. 준태도 아버지를 따라 이리저리 휘둘러보았다.

"자, 지렁이를 잡아 오거라."

"네에?"

"미끼가 있어야 고기를 잡지."

"알았어요."

준태는 지렁이가 사는 곳을 알고 있었다. 변소 뒤의 습하고 어두운 곳에 지렁이가 많았다. 나무 작대기를 찾아서 흙을 파냈다. 크고 통통한 지렁이가 햇빛을 보자 얼른 땅속으로 숨었다.

"요놈이 어딜 가려구?"

준태는 다시 흙을 팠다. 지렁이가 숨기 전에 재빠르게 움켜쥐었다. 어떤 놈은 달아나다가 잡혀서 상처가 나기도 했는데 냄새가 고약했다.

"그만하면 됐다."

아버지가 낚싯대와 양동이를 들고 뒤에 섰다가 말했다. 준태는 얼른 지렁이를 그릇에 담았다. 아버지가 앞서 길가로 나갔다. 준태는 자신의 낚싯대를 어깨에 멨다. 한 손으로는 낚싯대를 받쳐 들고 다른 손으로는 지렁이 그릇을 들었다.

개울가에서 아이들이 물고기를 잡는지 그물을 치고 있었다.

"형, 어디가?"

"진짜 낚시다!"

아이들이 소리쳤다. 그 소리에 준태는 어깨가 으쓱해졌다. 아버지는 벌써 개울을 지나 강가 쪽으로 걸어가고 있었다. 그러나 준태는 서둘지 않았다. 천천히 걸으며 으쓱한 기분을 즐겼다.

아버지는 강이 땅 쪽으로 둥글게 파인 강비탈에 자리를 잡았다. 준태의 비밀 장소, 바위가 있는 아래쪽이었다. 승우와 싸우고 혼자 왔던 곳이기도 하고 함께 오고 싶은 곳이기도 했다. 싸웠을 때는 승우가 미웠다. 그런데 지금은 보고 싶었다. 준태는 주머니 속에 들어 있는 편지를 움켜쥐었다. 강물은 그때나 지금이나 변한 게 없는데 사람 마음은 쉽게 변하는 것 같았다.

"이곳이 잘 잡힐 게다."

"왜요?"

"세게 흐르는 곳보다는 이런 곳을 좋아하거든."

아버지는 낚싯바늘에 지렁이를 끼우며 말했다.

"지렁이를 3분의 1 되는 지점에서 위쪽으로 바늘에 끼우면 돼."

"이렇게요?"

"옳지."

아버지가 낚싯줄을 강에 던졌다. 준태도 따라 했지만 쉽지 않았다. 아버지가 빙그레 웃더니 낚싯줄을 거두고 준태 뒤로 왔다.

"자, 이렇게."

아버지는 준태와 팔을 맞대고 손을 감싸 쥐었다. 그리고 함께 줄을 던졌다.

"낚싯줄은 수면으로 낮게, 수평으로 길게 하면 멀리 간단다."

"네에."

이번에는 준태 혼자서 낚싯줄을 던졌다. 낚싯줄이 수면 위를 날아서 꽤 멀리 날아갔다. 퐁 하면서 낚싯봉이 낚싯바늘을 끌고 물속으로 들어갔다. 그러더니 신기하게도 낚시찌가 물 위로 솟아올랐다.

"이제 됐어. 낚시찌를 잘 봐. 물속으로 들락날락하면 먹이를 건드리는 거야. 이때 바로 낚아채면 안 돼. 찌가 물속으로 쭉 빨려 들어가는 순간을 기다려야 해. 먹이를 문 순간을 잡아야 하거든. 그 순간이 되면 물고기의 움직임을 느낄 수가 있단다. 이때부터가 물고기와의 싸움이지."

"그런 다음은요?"

"잡아당기는 거지. 자, 이제 기다려 보거라."

준태는 눈을 부릅뜨고 낚시찌에서 눈을 떼지 않았다. 물살이 움직이면서 찌가 약간씩 움직였다. 그때마다 준태는 줄을 잡아당겼다. 그러나 그건 물살 때문이라는 걸 곧 깨달았다.

아버지 찌가 움직였다. 곧이어 찌가 물속으로 죽 빨려 들어갔다. 아버지는 이때를 놓치지 않았다. 낚싯줄을 슬며시 당기는 듯하다가 홱 낚아챘다. 쏘가리가 땅바닥에서 펄쩍펄쩍 뛰었다.

"와아!"

준태는 얼른 쏘가리를 양동이에 넣었다. 아버지가 눈을 찡긋했다. 준태는 다시 자리로 가서 줄을 던졌다. 찌가 조금씩 흔들거렸다. 푸른 강물이 계속해서 물살을 그었다. 준태 자신도 그

물살을 따라 흘러가는 기분이었다.

"앗!"

갑자기 낚시찌가 물속으로 죽 빨려 들어갔다. 낚싯대가 휙 하고 둥글게 휘었다.

"아버지!"

아버지가 준태 뒤로 재빨리 다가왔다. 낚싯대를 잡은 준태 손을 아까처럼 감싸 쥐었다. 그러고는 줄을 당겼다 풀었다 했다. 준태는 아버지를 따라 함께 움직였다. 물고기와 아버지의 중간에서 차츰 물고기와 아버지의 움직임을 느낄 수 있었다. 이상한 것은 물고기와 대항하는 아버지와 한편이라는 느낌이 드는 것이었다. 아니, 하나라는 느낌이었다.

"아주 큰 놈이야."

아버지가 흥분된 목소리로 말했다.

"자, 이제 당겨 봐라."

아버지가 준태 손을 천천히 놓아주었다. 준태는 서서히 줄을 당겼다. 그러고는 아버지처럼 풀었다 당겼다를 되풀이했다. 그러다 물고기의 힘이 빠지는지 한결 가벼워졌다.

'바로 지금이야.'

준태는 줄을 세게 당겼다.

"처음치고는 대단한데."

아버지가 잉어를 끌어 올리며 눈을 찡긋했다. 잉어 입에서 낚싯바늘을 빼내자 바늘이 구부러져 있었다.

"그런데 왜 줄을 풀었다 당겼다 하는 거예요?"

"힘을 빼는 거지. 큰 놈은 단번에 잡기가 힘들거든. 풀었다 당겼다 하는 동안에 물고기는 힘을 다 쓰는 거란다."

"단번에 잡아당기면요?"

"그럼 바늘을 문 채 도망가지. 줄이 끊어지거나 낚싯대를 놓치거나 둘 중 하나지."

"예에."

"오늘은 다 잡았다."

아버지는 낚시 도구를 챙겼다. 준태는 양동이를 들었다. 잉어가 뛰자 몸이 휘청거렸다. 집으로 돌아오는 길은 기분이 좋아서 날아갈 것만 같았다. 마음속에는 아버지와 하나라는 느낌이 남아 있었다.

아버지와의 약속

아버지는 집으로 돌아온 후에 마을 밖을 나간 적이 없었다. 그러는 동안 아버지는 농사꾼이 다 되었다. 그러나 어수선한 정세를 아버지가 모를 리 없었다. 그런데도 식구들에게 내색도 않는 아버지였다. 준태는 왠지 불안한 마음이 들었다.

급기야 소양강을 사이에 두고 북쪽 대홍리에는 공산 정권이, 남쪽 구만리에는 민주 정권이 들어섰다. 그건 강을 마음대로 건널 수 없다는 뜻이기도 했다. 두 마을 사람들은 이제 자유롭게 오고 갈 수가 없었다. 부득이 볼 일이 있을 때는 양쪽에서 검열을 마친 후 강을 건너도록 했다.

"실례합니다. 여기가 한진수 씨 댁 맞습니까?"

어둠이 마을을 삼키듯 내려앉을 즈음이었다. 낯선 사람이 준태네 마당으로 들어섰다. 하얀 와이셔츠에 검정색 바지를 입은 모습이 아버지가 돌아오던 날을 생각나게 했다.

"네가 준태냐?"

그 사람이 준태를 보며 싱긋 웃었다. 웃고 있는데도 눈빛이 날카롭게 빛났다. 준태는 왠지 불안한 마음에 그 사람을 노려보았다.

"이 동지 반갑소."

아버지는 신발도 신지 않고 방에서 달려 나왔다. 두 사람은 덥석 껴안더니 서로 등을 툭툭 두드렸다. 팔걸이를 하고 방으로 들어와서야 인사를 시켜 주었다. 중국에서 독립운동을 같이하던 사람이었다. 준태는 여전히 못마땅한 표정이었지만 이 동지는 신경 쓰지 않는 것 같았다.

"여긴 어떻소?"

저녁을 먹으면서 이 동지가 아버지에게 물었다.

"우리 마을 앞에 있는 소양강 있잖소? 그 강이 38도선이라오. 강 건너에는 인민군이, 이쪽에는 미군하에 국군이 주둔해 있지요. 마치 강이 사상을 갈라놓은 것 같소."

아버지 목소리가 무거웠다.

"그래, 그쪽 사정은 어떻소?"

아버지가 덧붙여 물었다.

"한국 문제가 유엔으로 넘어갔지요. 남한만의 단독 정부 수립, 즉 민족 분단이 분명해진 거지요. 미군정은 이를 반대하는 애국 민주 단체와 공산주의 단체 등 변혁 세력을 불법화해서 탄압하기 시작했소. 한쪽에선 민족 분단의 비극을 막고 통일된 정부를 세우려고 단선 단정 반대 구국 운동을 벌이고 있소. 여기에 학생, 시민, 농민이 참여했소."

이 동지가 목이 타는지 숭늉을 벌컥벌컥 마셨다.

"김구와 김규식 선생이 단선 단정 반대 운동에 나섰지요."

이 동지가 볼멘소리로 말했다. 아버지는 굳은 표정으로 앉아 잠자코 이야기를 듣고 있었다. 이어 잠시 침묵이 흘렀다. 어머니는 슬그머니 일어나 저녁상을 물렸다. 준태도 그 자리에 앉아 있기가 뭐해서 마루로 나왔다.

어머니는 술상을 안방으로 들여놓고는 준태 방으로 건너왔다. 마루를 사이에 두고 아버지와 이 동지의 두런거리는 소리가 계속 들려왔다.

"잠이 안 오니?"

"네에."

"짐작했는지 모르지만… 아버지가 다시 떠나시더라도 이해해야 한다."

어머니가 차분한 목소리로 말했다.

"예에?"

준태는 짐짓 아무것도 모르는 척 되물었다. 이 동지를 처음 본 순간부터 들었던 불안한 마음을 떨쳐 버리고 싶었다. 아니, 어머니에게 아무것도 모르는 어린애처럼 투정이라도 하고 싶었다. 그러나 이젠 어린아이가 아니었다.

"글쎄다."

어머니는 입을 굳게 다물고 한숨을 쉬었다. 준태는 가슴이 답답했다. 당장이라도 안방으로 달려가 이 동지라는 사람을 내쫓고 싶었다. 이 동지가 아버지를 빼앗아 갈 것 같은 생각이 떠나질 않았다. 이런저런 생각으로 머릿속이 복잡했다.

준태는 새벽녘에야 겨우 잠이 들었다.

"준태, 일어났냐?"

이른 시간, 아버지가 방문을 열었다.

"옷 입고 나오너라."

아버지는 마루에 걸터앉아 준태가 나오기를 기다렸다. 준태는 얼른 바지와 저고리를 입고 안방으로 후다닥 달려갔다. 이 동지가 코를 골며 자고 있었다. 밤새 떠나길 바랬는데, 준태의 바람일 뿐이었다.

"어서 오잖고?"

아버지는 벌써 사립문을 나서며 재촉했다. 아버지의 복장은 어느새 하얀 와이셔츠와 검은 바지로 바뀌어 있었다. 돌아오실 때처럼 서먹한 차림이었다.

아버지는 잠자코 들길을 걸어갔다. 준태도 아무 말도 하지 않고 묵묵히 뒤를 따라갈 뿐이었다. 아버지가 낚시하던 강가에서 걸음을 멈추고는 준태를 돌아볼 때까지도 두 사람은 말이 없었다. 아버지는 그 자리에 앉아서 손짓으로 옆자리를 가리켰다. 준태는 아버지와 나란히 앉아서 강물을 바라보았다.

"올해 열다섯이지?"

"예."

"그래, 참 빠르기도 하구나."

아버지는 짧은 한숨을 토해 냈다.

"준태야, 네겐 언제나 미안하구나. 애비 노릇도 제대로 못하고……."

"무슨 말씀 하시려는지 다 알아요."

"그래, 미안하다."

"미안하다, 미안하다 그 소리 좀 안 할 수 없어요?"

준태는 목까지 올라오는 화를 삼켰다.

"안다, 네 마음 다 알아. 하지만 말이다. 모든 일에는 때라는 게 있지. 봄에는 싹을 틔우고, 여름에는 자라고, 가을에는 열매를 맺는 게 세상 이치야. 그러나 저절로 되는 것은 없어. 특히 사람들이 하는 일은 씨만 뿌렸다고 저절로 자라는 것이 아니거든. 때론 폭풍이 오고 장마가 지지 않니? 그럴 땐 바람에 스러진 것을 일으켜 주고 물이 잘 빠지게 손봐야 하지. 그냥 놔두면 죽거나 썩어 버려. 지금이 바로 그래. 해방된 지가 3년이 되었는데 아직도 온전한 해방이 되지 않았으니 말이야."

"꼭 아버지라야 해요? 다른 사람들도 있잖아요?"

"그래, 그럴 수도 있지. 하지만 네 일 내 일이 따로 있지는 않아. 더구나 옳다고 생각하는 일을 피한다면 그건 비겁한 일이지."

"그래도……"

"곧 돌아온다고 약속하마. 이번엔 오래 걸리지 않을 거야."

아버지가 준태 손을 끌어다 꼭 잡았다.

"준태야, 사실을 말하면 나도 떠나고 싶지 않아. 네 어머니와 너랑 같이 사는 게 좋지. 그리고 어떻게든, 누군가가 그 일을 하겠지 하고 생각할 수도 있어. 두 눈 딱 감고 내 가족만 지키면 마음 편하지."

"그런데요?"

"더 길게 생각하면 말이다. 내 자식, 그 자식의 자식까지 생각하면 말이다. 제대로 된 세상을 만들어 줘야 하지 않겠니? 그게 너를 사랑하는 이 아버지의 마음이야. 모르겠니?"

"잘 모르겠어요."

준태는 떠나려는 아버지가 야속하기만 했다. 머리로는 아버지 말이 이해가 가면서도 마음으로는 받아들여지지가 않았다. 하지만 아버지 결심은 이미 변함이 없으리라는 걸 준태도 알고 있었다.

"일 끝나면 바로 돌아오시는 거예요."

준태는 다짐하듯 볼멘소리로 말했다.

"그럼, 그럼. 약속하마."

아버지 얼굴이 잠시 밝아졌다가 다시 어두워지며 조심스럽게 말을 이었다.

"네 어머니 말이다. 내가 돌아올 때까지 부탁해도 되겠니?"

"당연하지요, 저도 이젠 다 컸다고요."

"그럼, 그럼."

아버지는 준태 어깨를 툭툭 치며 웃어 보였다. 준태도 마주 웃었지만 억지웃음이었다. 서로 억지웃음을 짓느라 얼굴이 일그러졌다.

집으로 돌아올 때도 두 사람은 역시 말이 없었다. 아버지는 집에 오자 부리나케 광문을 열었다. 마치 누가 뒤에 쫓아오는 사람처럼 허둥지둥했다.

"내가 돌아오는 날, 낚시하러 가자꾸나."

아버지는 낚싯대를 찾아 준태에게 주었다. 준태는 아무 말도 못하고 낚싯대만 만지작거렸다. 그리고 아버지의 뒷모습이 산모퉁이로 사라질 때까지 낚싯대를 어루만지며 서 있었다. 어머니는 어머니대로 부엌과 마루로 오가며 하루 종일 쉬지 않고 일을 했다.

별은 빛나고

날이 갈수록 강가에서는 확성기 소리가 심해졌다. 서로 자기네 사상을 선전하느라 확성기를 울려 댔다. 나룻배를 타고 강을 건너는 것도 특별한 이유가 없으면 안 되었다. 나룻배도 정기적으로 다니지 않았다. 어쩌다 배를 띄우더라도 군인들이 전보다 더 검열을 철저히 했다.

"준태 외할머니가 아프시다네요. 한 번 다녀가시래요. 준태 외삼촌이 꼭 좀 전해 달라는군요."

사공이 어머니에게 말했다.

외갓집은 강 건너 대흥리 끄트머리 산모퉁이에 있었다. 외할머니와 외삼촌, 외숙모, 그리고 외사촌 형 둘이 있었다. 이처럼 현재 강을 마음대로 건널 수 있는 사람은 사공뿐이었다. 사공은 강 양쪽 동네에 소식이 있으면 전해 주었다. 그래서 사람들은 배가 올 때면 나루터에 가서 사공을 기다렸다.

다음 날 아침, 어머니는 서둘러 나루터로 갔다. 마침 배가 뜬다고 소식이 왔다. 벌써 몇몇 사람들이 나루터에 나와 줄을 서 있었다.

"준태 어머니는 친정에 가시려고요? 장을 좀 보려는데 허락해 줄지 모르겠네."

앞에 섰던 아주머니가 어머니에게 말했다.

"쯧쯧, 강 건너는 것도 허락을 받아야 하니……."

어머니는 혀를 차며 고개를 쭉 빼고 강을 바라보았다. 안개가 짙어서 앞이 잘 보이지 않았다. 노 젓는 소리가 뿌연 안개를 뚫고 들려왔다.

"어여 들어가."

어머니는 준태가 들고 있는 보따리를 건네받으며 말했다.

"예."

준태는 줄에서 옆으로 물러나 다가오는 배를 물끄러미 바라보았다.

"준태니?"

그때 난이가 배에서 훌쩍 뛰어내렸다.

"여긴 웬일이야?"

준태는 반가움 반 놀라움 반으로 난이에게 다가가며 물었다. 그러고 보니 난이를 본지도 꽤 오래였다. 강이 통제된 후로 한 번도 보지 못한 것이다.

"아버지가 편찮으셔서 대신 나왔어."

"힘들지?"

"이 정도야 뭐. 식은 죽 먹기지."

난이가 쾌활하게 대답했다.

사람들이 배에 오르고 마지막에 섰던 어머니가 옆으로 다가왔다. 어머니는 보따리를 군인에게 풀어 보였다. 옷과 시루떡이 나왔다. 시루떡은 콩과 늙은 호박을 넣은 것이었다. 외할머니가 좋아하신다고 어머니가 새벽에 만들었다. 어머니는 외할머니가 아파서 친정에 간다고 군인에게 설명했다. 군인이 타도 좋다고 손짓을 했다.

"나 갈게."

난이가 어색하게 웃으며 오른손을 들어 보였다. 준태도 손을 들었지만 아무 말도 할 수가 없었다. '잘 가.'라는 말도 '또 만나자.'라는 말도 할 수 없었다. 그저 난이가 밧줄을 풀고 노를 저어 가는 걸 바라보는 게 전부였다.

삐이걱 삐이걱.

안개 속으로 나룻배는 금세 사라져 갔다. 준태는 조금 전에 난이를 만난 것이 사실이었을까 하는 생각이 들었다. 그동안 하고 싶은 말이 많았는데 한 마디도 하지 못했다. 마음이 걷잡을 수 없이 싱숭생숭했다. 이상하게 초조하고 일이 잡히지 않았다. 준태는 하루 종일 집에서 강으로 왔다 갔다 하며 가만히 있지를 못했다.

해가 뉘엿뉘엿해졌다.

노을 빛을 받은 강이 황금색이었다. 저녁엔 배가 없는 모양이었다. 준태는 나루터에서 어머니를 기다리다 혼자만의 비밀 장소로 향했다. 아버지와 낚시하던 곳이기도 했다.

"아버지!"

아버지 얼굴이 수면에 둥글게 떠올랐다. 황금빛이던 수면이 점점 검은빛으로 물들어 갔다. 주위는 어느새 어두워졌다.

그때였다. 차르륵 차르륵 소리가 들리기 시작했다. 작은 소리였지만 그건 분명 물소리가 아니었다. 앞쪽이었다. 준태는 눈을 부릅뜨고 수면을 노려보았다. 수면에 물살이 일면서 무언가 이쪽을 향해 움직여 오는 게 보였다.

'도대체 누가 헤엄쳐 오는 거지?'

준태는 얼른 언덕배기 옆 풀숲에 몸을 숨겼다.

사람이 맞았다. 잘그락 잘그락 강가의 돌을 밟고 걸어와서 언덕을 기어 올라왔다. 그 사람이 가까이 오자, 준태 가슴이 쿵쿵 방망이질을 시작했다. 깡마른 몸에 고쟁이를 입고 있는 사람은 바로 난이였다.

'들키면 어쩌려구? 겁도 없이.'

준태는 반가움보다 화가 먼저 났다. 당장 뛰어나가서 나무라고 싶었지만 왠지 그게 잘 안 됐다. 가슴이 두근두근하는 게 영 발걸음이 떨어지지 않았다.

"난이야!"

준태는 겨우 모기만 한 소리를 내었을 뿐이었다.

"누구야?"

오히려 소리를 친 건 난이였다.

"깜짝이야. 그렇게 소리치면 어떡해?"

준태가 속삭였다.

"준태니?"

"너 미쳤어? 잡히면 어쩌려구. 어느 쪽이든 간첩이라고 생각할 텐데."

"그 정도도 모를까 봐. 지금은 쉬는 시간이야. 봐. 조용하지?"

난이 말이 맞았다. 확성기 소리가 멈추고 세상은 온통 조용했다. 강물 소리만 들릴 만큼 조용했다.

"너도 건너 볼래?"

"나두?"

"그래, 지들이 아무리 막아도 건널 사람은 다 건넌다구."

난이는 가슴속에 쌓인 울분을 털어 내려는 듯 의기양양하게 말했다. 그 소리에 준태는 의기소침해졌다.

"아버지가 그러셨어. 강물 색깔만 봐도 산에 나무가 잘 자라는지, 들판에 꽃들이 잘 피는지, 또 집집마다 잘 먹고 잘 사는지를 알 수 있다고. 산에서, 들판에서, 집집마다에서 물이 흘러 개울로 간대. 개울은 또 강으로 흘러들고. 강물은 바다로 가기도 하고 하늘로 올라가기도 한대. 다시 비가 되어 우리에게 돌아온다는 거야. 그러니 강물에는 모든 삶이 다 들어 있다는 거지. 아버지 말이 맞아. 그렇게 좋아하는 강을 마음대로 다닐 수 없으니 아프실 만도 하지. 나도 아버질 닮았나 봐. 답답해 죽겠어. 그래서 강을 건너는 거야. 헤엄치면 잠시라도 자유롭거든."

난이가 한숨을 쉬었다. 언젠가 비가 오던 날, 아버지가 한 말이 생각났다. 비슷한 이야기를 했던 것 같다. 아버지 생각을 하자 가슴이 뭉클해졌다. 마음속에서 무언가가 울컥하고 솟아오르는 것을 느꼈다.

"나도 해 볼 테야."

"정말?"

"그래."

"정말 괜찮겠어?"

"자신 있다구."

"좋아, 그럼 내일 이 시간에 이리로 나와."

난이가 말했다. 그러나 준태는 벌써 걱정이 되었다. 괜한 말을 한 것이 아닌가 하고 금세 후회가 됐다.

'그래, 이곳은 강폭이 가장 좁아. 군인들이 있는 나루터 초소와 하류 초소 가운데 있으니 들킬 염려도 없어. 이제 난 어른만큼 힘이 세졌다구.'

준태는 여러 가지 좋은 점을 생각해 보았다. 그래도 걱정이 되긴 마찬가지였다.

다음 날 아침에 어머니가 돌아왔다. 외할머니는 기력이 많이 약해졌지만 걱정할 정도는 아니라고 했다. 그렇지만 강 건너에는 인민군 숫자가 더 많아졌다고 했다. 그래서 어머니는 준태에게 강가에서 어슬렁거리지 말라고 단단히 주의를 주었다.

준태는 저녁을 든든히 먹고 소여물도 넉넉히 주었다. 그리고 어머니가 잠자리에 들기를 기다렸다가 몰래 집을 빠져나왔다. 자꾸만 가슴이 쿵쿵 뛰었다.

"어서 와."

난이가 벌써 와서 기다리고 있었다.

"조심해야 해. 가운데는 물살이 세거든. 혹시 물살에 떠밀려서 초소까지 가게 되면 물속으로 들어가. 군인들이 눈치채지 못하게. 열까지 세고 나오면 초소를 지날 거야. 거기서부터 물 밖으로 나와 다시 헤엄을 치는 거야. 알았지?"

"응."

"자, 너부터 출발해. 뒤따라갈게. 파이팅!"

"파이팅!"

준태는 머뭇거리다가 얼른 윗옷을 벗어 풀숲에 숨겼다. 전에는 난이와 물장난을 하기도 했지만 지금은 옷을 벗는 게 왠지 쑥스러웠다. 후다닥 물로 뛰어들어 헤엄을 치기 시작했다.

잠시 물이 소용돌이쳤다. 소용돌이를 나오자 얼마 동안은 잘 나아갔다. 그러다 갑자기 물살이 세졌다. 난이가 말하던 곳이었다. 몸이 아래로 떠밀려 가기 시작했다. 계속 팔을 뻗었지만 소용없었다.

'잘할 수 있어.'

준태는 마음속으로 외쳤다. 사실 날마다 험악해지는 분위기가 겁이 났다. 아버지가 떠날 때 했던, 어머니를 잘 보살펴 드리라는 약속도 못 지키면 어쩌나 걱정이 되었다.

'그래, 해 보는 거야.'

준태는 있는 힘껏 팔을 뻗었다. 몸이 아래로 떠밀려 가며 인민군들의 횃불이 보였다. 초소를 향해 가고 있었다. 준태는 크게 숨을 들이쉬고 물속으로 들어갔다. 몸이 물살을 타고 빨려 들어갔다.

'하나, 둘, 셋…….'

다시 물 밖으로 나왔을 때, 준태는 초소를 지나 강 한가운데에 있었다. 안도의 한숨이 절로 나왔다. 앞을 향해 팔을 내저었다. 힘이 점점 빠져나갔다. 그때 난이가 옆으로 다가왔다. 준태는 마지막 힘을 다해 팔을 내저었다.

"해냈어!"

강가에 닿자 어그적 어그적 걸어 나와 자갈밭에 누워 버렸다. 싸늘한 밤바람이 기분을 상쾌하게 해 주었다. 난이가 옆에 와서 누웠다. 어느새 하늘에는 별들이 솟아났다. 하늘이 점점 어두워지면서 별은 더욱 빛나고 있었다.

건널 수 없는 강

시간이 갈수록 강의 경계는 더욱 심해졌다. 이젠 아무도 강을 건널 수가 없었다. 가끔씩 강가에서 총소리가 들렸고 그때마다 사람들은 불안감에 몸을 떨었다.

"곧 전쟁이 날 거래."

입에서 입으로 전쟁의 소문이 나돌았다. 강 건너나 이쪽이나 군인들의 숫자가 늘긴 마찬가지였다.

다쿵 다쿵 다쿵.

한밤중에 총소리가 어둠을 흔들어 댔다. 그 소리는 마을을 향해 점점 가까워졌다.

"인민군이에요! 어서 피해요!"

다급한 목소리가 마을에 울려 퍼졌다. 또, 인민군들이 강을 건너오는 모양이었다.

"얘야, 어서 일어나."

어머니가 준태를 흔들어 깨웠다. 준태는 어머니와 함께 서둘러 집을 나왔다. 동네 곳곳에 벌써 사람들이 나와 우왕좌왕했다. 강가에서 보초를 서던 군인들은 소식을 전하러 막사로 달려갔다. 아군들의 막사는 구렁 마을과 인접해 있었다. 그들이 오기에는 시간이 걸릴 것이다.

"뒷산으로 갑시다."

사람들은 할 수 없이 뒷산으로 몰려갔다. 마을에는 인민군들이 진을 쳤다. 한참 후에 아군들이 왔다. 밤새도록 마을 쪽에서 총소리가 울려 댔다.

어슴푸레 날이 밝아오자 인민군들이 먼저 마을을 빠져나갔다. 나룻배 두 개를 나누어 타고 강을 건너가는 게 보였다. 난이네 나룻배와는 비교도 되지 않는 큰 나룻배였다. 이어서 아군들이 마을을 빠져나갔다.

"도대체 살 수가 없어."

"툭하면 싸움질이니⋯ 지들끼리나 싸우지 우린 가운데서 뭐하는 거냐 말이야."

사람들은 투덜거리며 집으로 돌아갔다.

준태네 부엌에는 그릇들이 마구 널렸고 광문도 홱 뜯겨져 나갔다. 일본인들이 있을 때나 변한 게 별로 없었다. 고단하긴 마찬가지였다.

"생으로 끊어 놓고 이젠 부수기까지 하는구나."

어머니는 넋을 잃고 강 건너를 바라보았다. 외가 식구들이 걱정이었다. 대흥리에서는 사람들을 모아 놓고 사상 교육을 시킨다는 소문이 있었다. 교육에 빠지기라도 하면 사상이 불순하다고 잡아간다는 것이다. 준태는 며칠 전에 난이에게서 이 소식을 들었다. 난이와 밤에 헤엄쳐 건너기를 계속해 왔기 때문에 서로 소식을 주고받아 온 것이다. 하지만 어머니에게는 입도 떼지 않았다.

"대흥리에 계시는 감나무 집 형님 최 씨 알지? 지난밤에 강을 건너왔다는구나, 글쎄."

"어떻게요?"

"난이 아버지가 밤에 나룻배를 띄운대. 간이 부은 것도 아니고 잡히면 어쩌려고……. 아무튼 용케도 들키지 않았대. 물건을 싣고 온다는구나. 에구, 세상이 언제나 바뀔지."

어머니는 한숨을 길게 쉬었다. 최 씨는 대흥리에서 장사를 하는 사람이었다. 빗이나 바늘, 크림, 옷감 등 잡다한 것을 파는데, 강이 통제되자 감나무 집에 가져다 놓는 모양이었다. 그러면 감나무 집 아저씨가 대신 팔아 주었다.

"사흘 후에 다시 온대. 그때 외할머니 좀 뵈러 가야겠다. 아 픈 건 좀 나으셨는지."

"안 돼요, 어머니."

준태는 속이 바짝 탔다. 아버지에게 어머니를 보살펴 드리겠 다는 약속을 했기 때문이었다. 준태도 이젠 열일곱 살이 되어 어른이 다 되었다. 그런데도 어머니를 편히 모시지 못했다. 그렇 더라도 아무 탈 없이 어머니를 모시고 있다가 아버지를 다시 만 나고 싶었다.

"걱정 마라. 아무 일 없을 게다."

어머니는 고집을 꺾지 않았다.

"그럼 함께 가요, 어머니."

"그건 안 돼."

어머니는 이번에도 단호했다.

"그럼 꼭 돌아오신다고 약속하세요."

"알았다."

어머니는 쉽게 대답했지만 준태는 자꾸 불안했다.

밤이 깊었다. 사공과 최 씨가 나루터에서 멀리 떨어진 하류에 서 기다리고 있었다. 나루터에는 보초병들이 있기 때문이었다.

"조심하세요, 어머니."

준태는 아이를 물가로 내보내는 것처럼 마음이 편치 않았다.

"어서 들어가라."

어머니가 배로 올라갔다. 사공이 노를 젓기 시작했다. 노 젓는 소리가 거의 들리지 않았다. 소리를 낮추기 위해 기름칠을 하고 헝겊을 끼워 넣었기 때문이었다. 준태는 자꾸만 나루터 쪽으로 신경이 쓰였다. 배가 어둠 속으로 서서히 사라지자 확성기 소리가 더욱 크게 들려왔다.

"인민들은 들으시오! 어서 빨리 인민공화국에 귀순하시오. 그 길만이 인민들이 살길이오. 양코배기서양 사람을 낮잡아 이르는 말 미군들은 물러가라. 어서 물러가라……."

확성기 소리가 계속 울려 퍼졌다. 아군들은 조용했다. 그냥 떠들라고 놔두는 모양이었다.

다쿵 다쿵 다쿵.

바로 그때였다. 확성기 소리가 뚝 멈추고 총소리가 세 번 울렸다. 건너편 강가에서 불빛이 이리저리 움직였다. 나룻배를 발견한 게 틀림없었다. 아군도 총소리를 듣고 달려왔다. 양편에서 비추는 불빛이 강물에 어지럽게 비쳤다. 더 이상의 총소리는 이어지지 않았다.

"비나이다, 비나이다. 제발 어머니에게 아무 일이 없기를……."

준태는 자기도 모르게 어머니처럼 기도를 하고 있었다. 풀숲에 숨어 날이 밝기를 기다리는데 아주 긴 밤이었다.

날이 새자 군인들이 돌아가고 마을 사람들이 몰려들었다.

"무슨 일이야?"

"어젯밤에 나룻배가 왔다 간 모양이야."

"아무 일 없어야 할 텐데."

사람들이 저마다 한마디씩 하며 혀를 찼다. 준태는 슬그머니 풀숲을 나와 집으로 돌아왔다. 하루 종일 밥을 먹을 수도, 일을 할 수도 없었다. 어서 빨리 날이 어둡기만을 기다릴 뿐이었다.

외갓집으로

어둠이 강가의 빛을 덥석 삼켜 버렸다. 준태는 그런 어둠이
고마웠다. 급히 물속으로 뛰어들었다. 그리고 앞을 향해 재빨리
나아갔다. 이제 강을 건너는 것이 준태에게는 어려운 일이 아니
었다. 몰래 계속해서 건너다녔기 때문이었다.

"여기야, 여기."

준태가 강을 건너자 난이가 기다리고 있었다.

"무슨 일이야? 총소리는?"

"아버지가……."

난이는 입을 막고 울먹이며 말을 잇지 못했다.

"그래, 그래."

준태는 난이를 감싸 안았다. 난이가 말을 안 해도 사공이 죽었다는 걸 이미 알 수 있었다. 난이의 가냘픈 몸에서 울음이 북받쳐 터져 나갈 것만 같았다. 난이의 울음은 커다란 바위처럼 준태의 가슴을 짓눌렀다. 그 무게를 조금이나마 덜 수 있다면 무엇이든 할 것 같았다.

"네 어머니는… 무사하셔."

난이가 겨우 진정을 하고 말했다. 그 소리에 준태는 안도의 한숨이 나옴과 동시에 난이에게 미안했다. 무슨 말인가를 해야겠는데 도무지 입이 떨어지지 않았다.

"아무 말 마. 네가 무슨 말하려는지 알아."

난이가 준태의 품에서 빠져 나오며 말했다. 이어 어젯밤 이야기를 들려주었다.

어제 사공은 어머니와 최 씨 아저씨를 내려주고 배를 대려고 나루터 쪽으로 노를 저었다. 그 시간에는 보초를 서던 인민군들이 막사에 들어가 쉬는 시간이었다. 지금까지 몇 번 별일이 없었으니 안심을 하고 배를 대려던 순간이었다. 인민군 한 명이 하필 그때 밖에 나왔다가 나룻배를 보았던 모양이었다. 인민군은 즉시 총을 쏘았고 사공이 맞았다. 하류 쪽에서 피가 흥건한 나룻배가 발견되었다. 그러나 사공은 보이지 않았다. 가족들이 종일 찾았으나 영영 찾지 못했다. 강물에 떠내려간 것으로 생각할 수밖에 없었다.

"이제 집에 가야 해. 조심해."

난이가 애써 침착하게 말했다.

"응, 어서 가. 또 올게."

준태는 난이를 혼자 보내는 게 안쓰러워 마음이 아팠다. 내 땅, 내 나라를 마음대로 다닐 수가 없다니 서러운 현실이었다.

준태는 난이가 마을 쪽으로 사라지는 것을 보고 있었다. 어두워서 이내 보이지 않았지만 한동안 그대로 서 있었다. 모든 게 꿈만 같았다. 바로 어제 저녁, 강가에서 사공의 얼굴을 보았는데 죽었다니 믿어지지가 않았다.

"어머니!"

준태는 멍하니 있다가 갑자기 어머니 생각이 났다. 급히 외갓집을 향해 달렸다. 대홍리로 질러갈 수는 없는 일이었다. 마을을 빙 둘러 들판을 지나 산으로 접어들었다. 마을 끄트머리에 있는 외갓집으로 몰래 가려면 그 길뿐이었다.

마을에서 조금 떨어져 있는 외갓집으로 가는 길목 양편에는 밤나무가 죽 늘어서 있었다. 이제부터는 사람들을 만날 염려는 없었다. 준태는 산에서 내려와 밤나무 길로 접어들었다. 이따금씩 달빛이 나뭇잎들을 뚫고 들어와 달빛 기둥을 만들며 땅에 닿았다.

"내가 이 밤나무 길을 떠난 것은 시집올 때였단다. 네 외할아버지가 여기서 쉬어 가자고 하더구나. 마침, 그때가 가을이었는데 밤이 얼마나 많던지. 외할아버지는 제일 탐스런 밤을 따서는 내 손에 한 움큼 쥐어 주셨지. 그 후, 이곳이 생각날 때면 그 밤을 꺼내 보곤 하였단다. 나중엔 바싹 말라 비틀어져 다 썩어 버렸지만……"

언젠가 외갓집 가는 길에 어머니가 하던 말이 생각났다.

준태는 외갓집 담장 가로 다가갔다. 안방 창호지 문이 환했다. 까치발을 하고 마당을 지나 방문 앞으로 다가갔다. 문틈으로 안을 들여다보자 외삼촌은 주무시고 외숙모가 등잔불 밑에서 바느질을 하고 있었다.

"외숙모!"

준태는 작은 소리를 내어 외숙모를 불렀다.

"누구세요?"

외숙모가 방문을 열고 나왔다.

"아니, 준태 아니냐? 여긴 어떻게?"

"어머니는요?"

"무사하시다, 어서 와라."

외숙모는 바깥 눈치를 살피며 준태 손을 잡아끌었다. 누군가가 보고 있는 것처럼 주위를 두리번거렸다. 준태도 따라 주위를 살폈다. 이곳은 감시가 심한 모양이었다.

나무를 덧댄 헛간 문을 열자 어머니가 멍석 위에 누워 자고 있었다.

"문 열어 주기 전에 나오지 마라."

외숙모가 바깥에서 빗장을 걸었다. 어머니는 꼼짝도 않고 깊은 잠에 빠져 있었다. 준태는 어머니 옆에 누웠다. 갑자기 한꺼번에 피로가 몰려왔다. 어느새 자기도 모르게 눈꺼풀이 내려앉았다.

준태는 어머니를 구만리로 모셔갈 궁리를 했지만 뾰족한 수가 떠오르지 않았다. 나룻배는 이미 인민군들에게 빼앗겼고 어머니가 준태처럼 몰래 헤엄쳐 건널 수도 없었다.

준태는 눈치를 봐서 며칠에 한 번씩 강을 건너갔다. 다행히 아군들은 집집마다 감시하지 않았기에 다행이었다. 마을 사람들에게는 어머니가 몸이 좀 아프다고 핑계를 댔다. 언제까지 그게 통할 수 있을지 걱정이었다.

그러던 어느 날, 외사촌 형들이 끌려갔다. 인민군이 된다는 것이었다. 외할머니와 외삼촌, 외숙모도 사상 교육에 나가는 날이 많았다. 어머니는 여전히 헛간에 숨어 지냈다.

"아무래도 강을 건너는 수밖에 없어."

준태가 말하자 난이는 잠자코 듣고만 있었다.

"차라리 네가 이곳으로 오면?"

"그건 안 돼. 어머니가 반대하실 거야. 집을 지켜야 한다고 하실걸."

"그럼, 같이해 봐. 나도 도울게."

"그러지 말고, 너희 어머니도 함께 가."

"우리 어머니도? 하긴 어머니도 여길 떠나고 싶다고 하셨어. 아버지가 돌아가시고 인민군들만 보면 치가 떨린대. 사상 교육에 나가는 게 죽기보다 싫다고."

"그럼, 해 보는 거야."

"좋아."

두 사람은 손을 마주 잡고 힘을 주었다. 그러나 걱정이 되기는 마찬가지였다. 난이 어머니는 헤엄을 잘 치시지만 어머니는 그렇지 못했다. 준태는 어머니가 걱정이었다.

소양강의 붉은 꽃

반달이 떠서 어둠이 칠흑 같지는 않았다. 준태와 어머니는 난이네서 밤이 되기를 기다렸다. 확성기 소리도 멈추고 강가는 더없이 조용했다.

"어서 가요."

난이 어머니가 집 안을 휘둘러보더니 앞장섰다. 떠나려니 그동안 살아왔던 집에서 발이 떨어지지 않는 모양이었다. 모두 말이 없었다. 잔뜩 신경을 곤두세우고 주위를 살피며 강가를 향해 걸었다.

푸드득.

수풀에서 새가 날아올랐다. 모두들 깜짝 놀라 그 자리에 멈춰 섰다. 아직 둥지를 찾지 못했을까. 준태는 새가 자신들의 처지와 비슷하다고 생각했다. 인민군들의 막사를 피해 빙 둘러 걸었다. 막사는 조용했다. 강가로 내려가는 언덕에 이르자 발밑이 미끄러웠다. 급기야 어머니가 엉덩방아를 찧었다. 그러나 얼른 일어나 다시 걸었다. 걸을 때마다 조약돌들이 달그락거렸다. 그 소리가 천둥소리처럼 들렸다. 온통 신경이 곤두서서 작은 소리에도 깜짝깜짝 놀랐다. 그럴 때는 제자리에 멈춰 섰다가 다시 걸어갔다.

강물에는 군인들이 비추는 전등 빛이 둥글게 원을 그리다 사라졌다. 난이 아버지가 강을 건너다 들킨 후로 인민군들은 밤새 강을 지켰다. 빛은 주기적으로 반복되다가 끊어지기도 했는데 수면이 생선 비늘처럼 차가워 보였다.

"이렇게 묶어야 해요."

준태가 허리에 무명 끈을 단단히 묶으며 말했다. 난이와 난이 어머니도 똑같이 끈을 허리에 묶었다. 준태는 어머니와, 난이는 자기 어머니와 끈을 연결했다. 헤엄치는 데 방해가 되지 않게 길게 했다. 만약에 어머니들이 처지더라도 준태와 난이가 어머니들을 끌고 헤엄칠 수 있게 한 것이었다.

"난이야, 먼저 가."

준태가 말했다.

"알았어."

난이가 자기 어머니와 함께 먼저 출발했다. 준태는 어머니와 함께 이쪽 풀숲에 몸을 숨겼다. 난이네가 다 건너가면 출발할 생각이었다.

가끔씩 전등 빛이 직선으로 다가왔다. 그때마다 준태는 눈을 부릅뜨고 강을 살폈다. 난이네는 물속으로 들어갔다가 나오는 모양이었다.

잠시 후에 불빛이 건너편 강가를 비출 때 난이 모습이 슬쩍 나타났다. 준태는 그것을 놓치지 않았다.

"이제 우리 차례예요."

"아무래도 겁이 난다. 잘할 수 있을까?"

"봐요, 난이 어머니도 건너셨잖아요."

"난이 에미 별명이 뭔지 아니? 개구리였어. 난이보다도 헤엄을 잘 쳤을 거야."

"걱정 마세요. 저만 믿으세요, 어머니."

"그래, 그래."

대답은 했지만 어머니는 도살장에 끌려가는 소처럼 잔뜩 겁을 먹고 있었다. 그러나 방법은 하나뿐이었다. 강을 건너지 않으면 인민군에게 잡혀갈 것이다.

"슬슬 헤엄만 치세요. 제가 끄는 대로 따라오시기만 하세요."

준태는 앞서 헤엄을 치기 시작했다. 어머니와 묶은 줄이 팽팽해지면 속도를 늦추고 헐렁해지면 앞으로 나아갔다. 생각보다 쉽지는 않았다. 그래도 어머니는 잘 따라왔다. 그러나 반도 못 왔는데 자꾸 줄이 팽팽해졌다. 물살을 따라 아래쪽으로 조금씩 밀려났다. 어머니가 힘이 빠지는 모양이었다. 아래쪽은 인민군들이 지키는 초소였다.

"어머니!"

준태는 줄을 당기다가 팔을 내젓기를 계속 반복했다. 불빛이 다가왔다. 어머니를 부여잡고 물속으로 들어갔다. 다시 물 밖으로 나왔을 때, 어머니가 축 처졌다. 어머니를 붙잡고 있는 힘을 다해 헤엄을 쳤다. 그러나 앞으로 나아가지 않고 자꾸만 아래쪽으로 밀려갔다. 또 다른 불빛이 다가왔지만 물속으로 숨을 수가 없었다.

여러 개의 불빛이 준태와 어머니를 비췄다. 뒤에서 총알이 날아왔다.

"윽!"

어머니가 비명을 질렀다. 양쪽 강가에서 비추는 불빛이 어지러웠다.

"걱정 마세요, 어머니. 제가 건너게 해 드릴게요. 걱정 마세요, 아버지. 제가 어머니를 지킬게요."

준태는 남으로 남으로 헤엄을 쳤다.

"어머니?"

어머니는 아무런 대답이 없었다. 이미 숨을 거둔 모양이었다. 어머니의 무게가 천근만근처럼 무겁게 느껴졌다. 붉은 핏물이 강물에 퍼졌다. 준태는 맥이 탁 풀렸다. 어머니와 함께 물속으로 죽 빨려 들어갔다.

"준태야! 정신 차려!"

난이였다. 난이가 다가와 준태를 물 밖으로 끌어냈다. 난이는 준태와 어머니가 묶인 무명 끈을 풀었다. 끈을 풀지 못하면 준태도 어머니와 함께 떠내려갈 지경이었기 때문이었다.

"안 돼!"

준태는 정신을 잃으며 까마득히 외쳤다. 아마 입 밖으로 들리지 않았는지도 모른다. 어머니와 함께 붉은 핏물이 흘러가고 있었다. 준태는 그걸 연분홍 꽃잎이라고 생각했다. 철쭉 같은 연분홍 꽃잎이었다. 준태에게 보이는 강물은 온통 붉은빛이었다.

"정신이 드냐?"

준태가 깨어난 건 거의 하루 만이었다. 난이 어머니가 준태를 내려다보며 앉아 있었다.

"어머니는요?"

"에그, 생각이 안 나냐?"

준태는 그제야 모든 것이 떠올랐다.

"난이는요?"

"옆에 누워 있잖은가."

준태는 벌떡 일어나 옆에 누워 있는 난이를 보았다. 난이는 가슴을 다친 채 아직도 깨어나지 못하고 있었다.

"그게 강가에 거의 다 왔을 때야. 난이도 총알을 비껴가지는 못했네. 죽지만 않으면 좋으련만……."

난이 어머니가 눈물을 흘렸다.

"난이야!"

준태는 힘없이 난이 곁에 풀썩 주저앉았다. 가슴이 콱 막히면서 숨이 멎는 것 같았다. 줄줄 흐르는 눈물이 난이의 창백한 얼굴에 떨어졌다. 문 밖에는 새 아침이 오려는지 온 세상이 희끄무레했다.

그리고 얼마 후에, 전쟁이 터졌다. 38선을 중심으로 전선은 위로 올라가기도 하고 내려오기도 하면서 전쟁은 몇 년 동안이나 계속되었다.

반세기 만의 만남

상봉장으로 가는 내내 할아버지는 굳은 표정으로 앉아 있었다. 드디어 북에서 온 사람들이 입장하기 시작했다. 모두 복장이 비슷해서 얼른 찾을 수가 없었다. 하지만 증조할아버지처럼 늙으신 분은 한 사람뿐이었다.

"저기다!"

다른 사람들이 거의 다 들어왔을 때였다. 느린 걸음으로 증조할아버지가 모습을 드러내자 할아버지가 자리를 박차고 뛰어나갔다.

"아버지!"

"살아 있었구나!"

증조할아버지와 할아버지가 손을 잡았다.

"절 받으세요!"

할아버지는 증조할아버지 앞에 쓰러지듯 무릎을 꿇었다. 그리고 바닥에 머리를 대고 일어나지를 못했다. 숨이 막히는지 '꺽꺽' 하고 가슴을 쥐어뜯었다.

"준태야!"

증조할아버지도 풀썩 주저앉아 할아버지를 부여잡았다. 할아버지 어깨가 들썩이더니 곧 울음이 터져 나왔다. 처음엔 모기소리만 하더니 이내 엉엉 울기 시작했다.

우리뿐만이 아니었다. 여기저기서 플래시가 터지고 순식간에 실내는 울음바다로 변했다. 증조할아버지와 할아버지에게는 두 사람 외에는 아무 것도 보이지 않는 듯했다. 서로의 얼굴과 몸을 어루만지며 부둥켜안고 있었다.

아빠는 두 분 옆에 서서 잠자코 기다렸다. 이윽고 할아버지가 아빠를 보았을 때 아빠는 증조할아버지에게 큰절을 올렸다. 그리고 두 분을 모시고 자리로 돌아왔다. 증조할아버지는 나이가 많아선지 아주 천천히 걸어왔다.

"애가 손자인 인화, '사람 인'에 '고를 화' 자를 쓰고요."

할아버지는 목이 메는지 물을 조금 마신 뒤, 먼저 아빠를 가리키며 말했다.

"인화, '여러 사람이 서로 화합한다'. 좋은 이름이구나."

증조할아버지는 발음이 어눌했지만 또박또박 말했다.

"그리고 손자며느리, 증손녀 바다, 증손자 가람입니다."

"바다와 강이라. 그것도 좋구나."

증조할아버지는 흐뭇한 표정으로 나머지 식구들을 둘러보았다. 처음 보는 데도 혈육은 무언가 끌어당기는 힘이 있는 것 같았다. 나는 생전 처음으로 증조할아버지를 만났는데도 서먹하지가 않았다.

"그래, 네 어머니는?"

증조할아버지는 할아버지 대답을 초조하게 기다리는 것 같았다.

"돌아가셨어요, 아버지."

할아버지는 애써 담담하게 대답했다.

"그래에……. 언제 돌아가셨느냐?"

증조할아버지가 애써 태연하게 물었다.

"차차 말씀드릴게요."

할아버지 얼굴에 어두운 표정이 스쳤다. 나는 그런 할아버지 마음을 이해할 것 같았다. 지금 바로 증조할머니가 그렇게 돌아가셨다고는 말할 수 없을 것이다. 할아버지는 얼른 북에 가족이 있냐고 물었다. 증조할아버지는 다시 결혼을 하지 않았으며 가족은 없다고 대답했다. 오랜 세월을 가족도 없이 지내다니 안됐다는 생각이 들었다.

"돌아오신다고 하셨잖아요?"

이어 할아버지가 원망하는 듯 물었다.

"네겐 언제나 미안하구나. 미안해."

증조할아버지는 할아버지 눈길을 피하느라 물을 한 모금 마셨다. 긴장했는지 목을 타고 넘어가는 소리가 '꿀꺽' 하고 들렸을 정도였다.

"전쟁이 터지고 나서 영영 돌아오지 못할 줄 몰랐구나. 잠시면 끝날 줄 알았는데 반세기가 훌쩍 지나갔어. 우리 민족이 하나 되길 그토록 염원했는데……."

"죄진 사람처럼 그러지 마세요. 저도 잘하지는 못했지요. 어머니를 지켜 드리지 못했어요. 죄스러울 뿐입니다."

할아버지는 원망과 죄스러움을 그렇게 말했다. 그러나 원망보다는 증조할머니를 잃어버린 마음을 뉘우치고 싶었던 모양이었다. 증조할아버지 앞에 자꾸 고개를 숙였다.

"어디 네 잘못이었겠느냐. 다 잊어버리자. 이렇게 만났으면 되는 거지."

증조할아버지는 옆에 앉아 있던 내 손을 끌어당겨 두 손으로 감싸 쥐었다. 증조할아버지 손은 앙상하고 뻣뻣했다. 이야기를 들었을 때는 우락부락할 거라고 상상했는데 늙으셔서 그런 것 같았다.

나는 얼른 배낭 속에 있던 가계도를 꺼내 증조할아버지에게
내밀었다.

"이게 뭐니?"

증조할아버지 눈빛이 전구 빛처럼 점차 밝아지다가 이내 환
해졌다.

"증조할아버지 식구들이에요."

나는 증조할아버지의 기쁨을 가슴으로 느낄 수가 있었다. 그
럴 줄 알았다. 증조할아버지가 좋아할 줄 알았다. 나는 가계도
의 사진을 하나하나 짚어 가며 설명하기 시작했다. 증조할아버
지는 한 명 한 명 사진과 실물을 번갈아 보며 고개를 끄덕거렸
다. 그러고는 '허허' 하고 크게 웃었다. 오른쪽 볼에 흉터며 큰
키, 그리고 늙었지만 카랑카랑한 목소리가 친숙하게 느껴졌다.
할아버지 이야기를 먼저 들어선지 전혀 낯설지가 않았다.

"인상이 무서워."

집으로 돌아왔을 때, 누나는 증조할아버지가 무섭다고 투덜
거렸다. 나는 할아버지를 보며 피식하고 웃었다. 할아버지도 나
를 보며 눈을 찡긋했다. 둘만이 통하는 웃음이었다. 증조할아버
지 이야기를 듣지 않았다면 나도 누나처럼 그렇게 생각했을 것
이다.

이틀째였다. 숙소인 희망 호텔로 증조할아버지를 뵈러 갔다.

숙소에서는 어제와 달리 좀 더 편안하게 이야기를 나눌 수가 있었다. 할아버지는 조심스럽게 증조할머니와 할머니에 대한 이야기를 시작했다. 증조할아버지는 생각보다 침착하게 이야기를 들었다.

"약속을 지키지 못했어요."

할아버지가 여전히 괴로운 표정으로 말했다.

"그게 어디 한 사람 힘으로 되던 거냐? 이제 다 잊고 마음 편히 살아."

증조할아버지는 할아버지 손을 꼭 잡으며 말했다.

사흘째도 희망 호텔로 갔다. 그러나 호텔 앞에 대기시켜 놓은 버스 앞에서 마지막 상봉을 하는 것이 일정의 전부였다. 그래서 그런지 사람들의 표정은 어제처럼 밝지가 않았다. 어떤 사람은 벌써 눈이 발갛게 변해 있었다.

"이제 언제나 만날 거냐? 내 생전에 마지막이지 싶다. 한 가지… 고향에 가 보지 못하는 게 한이로구나."

"……."

할아버지는 눈물을 참느라 아무 대답도 하지 못했다.

"울지 마라. 이젠 여한이 없다."

"예, 예."

할아버지는 대답만 하는데도 애를 먹었다.

"부탁이 있다. 이걸 태워 소양강에 뿌려 다오."

"예?"

"난 이제 다 살았다. 마음만이라도 네 에미와 함께 하고 싶구나. 죽으면 몸이 무슨 소용이겠느냐?"

증조할아버지는 품에서 사진 한 장을 꺼내어 할아버지에게 주었다. 그 사진에는 젊은 시절의 증조할아버지가 활짝 웃고 있었다.

"네 에미가 이렇게 늙은 모습을 보면 못 알아보지 않겠느냐? 젊은 서방 모습으로 만나야 하지 않겠느냐?"

증조할아버지 말에 할아버지는 울다가 웃느라 어색한 표정이 되었다.

"아버지, 또 만나야지요. 무슨 그런 말씀을……."

"그래, 그래."

증조할아버지는 고개를 연신 끄덕였다. 그러나 증조할아버지와 할아버지, 그리고 우리 모두 다시는 만나지 못할 거라는 것을 알았다.

"잘들 있거라."

증조할아버지는 할아버지와 아빠, 그리고 엄마와 누나까지 차례로 손을 꼭 잡아 주었다. 마지막으로 내 손을 잡고는 그윽

하게 바라보았다. 그 눈길을 잊지 못할 것 같았다.

드디어 증조할아버지가 버스에 올랐다. 차창 안에서 손을 흔들며 손수건을 꺼내 눈가를 훔치는 모습이 보였다.

이내 버스는 울부짖는 사람들을 뒤로하고 출발했다.

"아버지!"

할아버지는 마지막 참았던 울음을 터뜨렸다.

뜻하지 않은 손님

며칠 후, 손님이 찾아왔다. 이마에 흉터가 지고 머리가 하얗게 센 할아버지였다. 할아버지를 찾아왔다고 했다.

"뵌 적이 없는데 아버님과는 어떻게?"

엄마가 찻잔을 앞에 놓으며 물었다.

"오래전 친구이지요."

손님은 짤막하게 대답을 했다.

"아버님께서 외출하셔서요. 늦지는 않으실 것 같은데……."

"폐가 되지 않는다면 여기서 기다리고 싶은데… 다시 집에 갔다 오기는 뭐하고 또, 하두 오랜만이라 한시라도 빨리 만나고 싶네요."

"폐는요, 마음 편히 기다리세요."

엄마가 대답하며 나를 처다보았다. 왔다 갔다 하지 말고 가만
히 좀 있으라는 눈치였다. 나는 시침을 뚝 떼고 방과 거실을 들
락거리며 손님을 힐끗힐끗 살폈다.

'그래, 틀림없어. 이마에 난 상처. 그게 증거지. 엄마가 한 번
도 뵌 적이 없다잖아. 그러면 오래 전에 헤어졌다는 건데. 그래,
이승우 할아버지가 틀림없어.'

나는 탐정처럼 추리를 했다.

"엄마, 저 할아버지 심심하시겠다. 내가 공원에라도 모시고 갔
다 올까?"

나는 엄마가 주방으로 온 사이에 얼른 말했다.

"네가 웬일이냐? 그런 기특한 생각을 다 하고."

엄마는 마침 서먹하던 참에 얼른 내 등을 밀었다. 손님은 선
뜻 나를 따라 나섰다.

"할아버지와는 어렸을 적 친구세요?"

"그래, 태어날 때부터 알았지. 근데 진짜 친구가 된 건 네 나
이 때쯤이었을 거야."

손님이 나를 보며 말했다.

'그래, 척척 맞아 들어가고 있어.'

나는 마른침을 다시며 다음 질문으로 넘어갔다.

"할아버지가 혹시 이 '승' 자, '우' 자 할아버지 아니세요?"

"어떻게 날 아느냐?"

"맞죠?"

나는 손뼉을 치며 다시 한 번 되물었다.

"그래. 할아버지가 날 잊지는 않았나 보구나. 네가 아는 걸 보면."

"저도 안 지 얼마 안 돼요. 할아버진 고향 얘긴 통 안 하셨거든요. 그런데 증조할아버지가 오신다니까 잠도 못 주무시고 옛날 생각이 많이 나셨나 봐요. 전 할아버지와 한 방을 쓰는 동지거든요. 제가 들어 드리지 않으면 누가 하겠어요."

나는 어깨가 으쓱해져서 말했다.

"할머니 함자가 혹시?"

"네, 고 '난' 자, '이' 자세요."

"역시 그 친구가 약속을 지켰구먼."

이승우 할아버지 표정이 이내 밝아졌다.

"그래, 할머니는 같이 외출하셨느냐?"

"할머닌……."

이승우 할아버지가 걸음을 멈추고 나를 보았다. 그 눈에는 잠시지만 초조함이 깃들어 있었다. 나는 내키지 않았지만 대답할 수밖에 없었다.

"돌아가셨어요."

이승우 할아버지 얼굴에 실망하는 빛이 스쳤다.

"언제? 어떻게?"

이승우 할아버지가 다그쳐 물었다. 나는 더 이상 대답할 수가 없었다. 할머니가 아빠를 낳고 나서 바로 돌아가셨다는 것을 알고는 있었다. 그러나 그 말은 할아버지가 직접 해야 할 것 같았다. 이승우 할아버지와 할아버지의 오래전 약속을 알고 있기 때문이었다.

"잘 모르겠어요. 아주 예전에 돌아가셔서요. 여기 앉으세요."

나는 얼른 말을 얼버무리며 의자를 가리켰다.

이승우 할아버지와 나란히 앉아서 공원의 나무들을 바라보았다. 곧 여름이다. 나뭇잎들이 연녹색에서 짙푸른 색으로 변해 가고 있었다.

"근데 왜 고향으로 돌아오시지 않았어요? 할아버지와 약속했다는데요."

"전쟁 때 한 번 돌아오기는 했단다. 그 말은 안 하든?"

"네, 전쟁 이야기는 안 하셨어요."

"그러니까… 나는 고향을 떠나 인민군이 되었단다. 전선이 남으로 내려가면서 고향에 가게 되었는데, 거기서 네 할아버지를 만났단다. 한 사람이 벽장을 뒤지고 있길래 총으로 등허리를 누르며 '꼼짝 마라. 천천히 뒤로 돌아.' 하고 소리쳤지. 그런데 그 얼굴은 바로 내 친구 준태, 바로 네 할아버지였단다. 나는 네 할아버지 눈에서 두려움 반, 반가움 반인 표정을 읽었어. 부둥켜안고 싶었지. 그러나 바로 뒤에 동료가 오고 있었지. '도망쳐. 죽으면 안 돼.' 하고 나는 속삭였지. 그 말을 네 할아버지가 알아들었는지는 모르겠구나. 네 할아버지는 후다닥 뒷문으로 달아났단다. 나는 얼른 머리를 벽에 부딪쳤단다. 그 바람에 피가 좀 흘렀지. 그리고 총을 쏘았어. 동료가 다가와 나를 의심스럽게 살피더구나."

"그래서요?"

"피 난 머리를 보여 주며 인상 좀 썼지. 적에게 당했다고 말이야. 그랬더니 '원숭이도 나무에서 떨어질 때가 있군.' 하고 말하더군."

"일부러 빗나가게 한 거죠?"

"그래, 그게 네 할아버지와 마지막 만남이었지. 그 후, 나는 인민군에서 도망쳤단다. 그러나 선뜻 네 할아버지 앞에 나설 수가 없더구나."

"왜요?"

"글쎄, 친구라고 모든 걸 이해하라고는 할 수가 없는 거지. 난 부끄러운 친구가 되고 싶지 않았단다."

혼잣말처럼 이야기하는 이승우 할아버지의 마음을 알 것도 같았다.

"며칠 전 텔레비전에서 네 증조할아버지와 만나는 걸 보고 결심했단다. 시간이 모든 걸 다 감싸 안을 수도 있다는 걸. 무슨 뜻인지 알겠냐?"

"잘 모르겠어요."

"그래, 모르는 게 좋을 거야. 우리처럼 힘든 세월이 없는 게 낫지. 암."

이승우 할아버지는 나를 보며 빙긋이 웃어 주었다.

바로 그때 할아버지가 가쁜 숨을 몰아쉬며 달려왔다.

"이보게 승우, 자넨가?"

"그래, 바로 날세."

이승우 할아버지가 의자에서 벌떡 일어났다.

"무정한 사람 같으니라구. 그동안 어딜 꼭꼭 숨어 있었나? 내가 얼마나 찾았는지 아는가?"

"미안하이, 내 부끄럽게 살다 보니 그렇게 됐네."

두 할아버지는 마치 소년처럼 두 손을 맞잡고 있었다.

"내 비밀 장소 기억나나?"

이승우 할아버지가 물었다.

"그럼, 그럼. 내 비밀 장소도 자네에게 보여 주고 싶었는데… 영영 볼 수가 없게 되었네."

"그래도 우리들의 비밀 장소는 그대로 있잖은가. 산꼭대기에 있길 망정이지. 내가 선택은 잘했지?"

"그럼, 그럼. 언제 날 잡아 가 보세나."

할아버지는 나를 본체만체 이승우 할아버지와 나란히 집으로 향했다.

두 할아버지의 이야기

거실에 있던 두 할아버지가 방으로 들어왔다. 엄마는 조촐한 술상을 가져와서 두 분 사이에 놓고는 방을 나갔다.

"숙제 안 끝났냐?"

할아버지가 책상 앞에 앉아 있는 나를 올려다보며 물었다.

"다 끝났어요. 잘 거예요."

나는 얼른 이부자리를 펴고 누웠다. 두 할아버지는 잠자코 술을 마셨다. 나는 얼른 돌아누워 눈을 감았다. 두 분만이 조용히 이야기를 나누고 싶어 하는 눈치였기 때문이었다.

"난이, 아니 가람이 할머니 말일세. 그담엔 어떻게 되었나?"

이승우 할아버지가 한참 만에 입을 열었다. 거실에서 어느 정도 이야기를 나눈 모양이었다.

"며칠 전에도 아버지를 만났지만 난 여러 가지 약속을 지키지 못하고 살아왔네. 아버진 이제 다 잊고 지내라고 하시더구만."

"그러게, 담아 두지 말고 다 털어 내게나."

"고맙네. 그러니까 전쟁이 터지고 얼마 안 있어 우리는 피난을 떠났네. 난이 다친 데가 아물지 않아서 차일피일 미루다가 늦게 떠났지. 이미 인민군은 우리를 앞서 남으로 진군했지. 그러니 인민군을 뒤따라가는 꼴이 되었지. 자연히 편한 길로는 갈 수가 없었지. 밤에 산길을 따라 이동했네. 괜찮을 리가 없었지. 난이는 편도선이 부어 열이 심하게 올랐지. 난이 어머니, 그때는 아직 결혼을 하지 않았네. 그러니 그렇게 부르겠네. 난이 어머니가 살모사 가루를 가져오라고 하더군. 편도선엔 그게 최고지, 암. 그런데 그게 집 벽장 안에 있지 뭐겠나. 나올 때 챙기는 걸 깜빡했지 뭔가. 그 길로 나는 집으로 향했네. 거기서 자네를 만났지."

"맞아, 그때 본 게 마지막이었지."

"그런데 묻고 싶은 게 있네. 뭐 이제 와서 묻는 것도 소용없는 일인지 모르지만……."

"무슨 말을 하려는 건지 알 것 같네. 나도 자네가 내 말을 알아들었는지 궁금했네. 자네에게 총을 쏜 건지 아닌지 알고 싶은 게 아닌가?"

"맞네, 그때 자네가 나에게 뭐라고 했는지 잘 알아듣지 못했네. 도망치라는 말 같기도 하고 도망치면 죽는다고 엄포를 놓는 것 같기도 하구 말이네. 어쨌든 내 뒤로 총알이 날아왔지. 그게 날 쏜 것도 같고 일부러 빗나가게 한 것도 같고."

"우리는 말일세. 누구도 갈라놓을 수 없는 친구 사이네. 그때 잠시 인민군이었다고 해도 난 자네를 택할 수밖에 없었네."

"그럴 줄 알았네, 미안하이."

"이제 가람이 할머니 얘기나 더 해 보게나."

이승우 할아버지는 할아버지를 구하느라 머리를 다친 이야기는 하지 않았다.

"전쟁이 끝나고 고향으로 돌아왔지. 소양강에는 신식으로 세워진 38교 다리가 턱 버티고 서 있더군. 미군들이 전쟁을 하면서 세웠다더군. 그리고 휴전선이 북쪽으로 올라가면서 소양강은 더 이상 건널 수 없는 강이 아니었지. 그러나 집들은 다 타버리고 남은 게 없었네. 나는 난이에게 같이 살자고 했지만 끝내 강 건너 자기 집으로 돌아가더군. 몸이 쇠약해져서 나에게 짐이 되고 싶지 않았던 모양이야. 그런데 내가 서른이 다 되도록 장가를 가지 않고 기다리자 난이가 고집을 꺾더군. 결국 가람이 아빠인 인화를 낳고 세상을 떴네. 그럴 줄 알았으면 가만히 놔둘 걸 모두 내 욕심이었네."

"아니네, 아니야. 가람이 할머니도 이 아이가 커 가는 걸 보면 하늘나라에서도 대견해 할 걸세. 세상에 왔다가 아무 흔적도 없이 사라진다면 그게 오히려 슬픈 일이지."

두 할아버지의 눈길이 내 등 뒤에 와 닿는 걸 느꼈다. 나는 자는 척했지만 사실은 정신이 점점 또렷해졌다. 숨소리를 내지 않으려고 안간힘을 쓰며 눈을 꼭 감고 있었다.

"난이를 잃고 인화가 없었다면 나도 더 이상 살기 힘들었을 거네. 아버지는 행방불명이고 어머니는 그렇게 가시고 난이마저 도 세상을 떠나고……."

우리 애기 잠재 주게 가고 없네 가고 없네.
우리 엄매 가고 없네 자장 자장 우리 애기.
관장 같은 가장 두고 우리 엄매 가고 없네.
자장 자장 우리 애기 구름 같은 살림 두고
바다 같은 전답 두고 우리 엄매 가고 없네.
자장 자장 우리 애기 우리 애기 잠재 주게.
저기 가는 저 선비야 저승길을 갈라는가.
저승길을 갈라거든 우리 엄매 만나거든
우리 애기 젖 주라고 청념지별 하여 주게.
우리 애기 잠재 주게 가고 없네 가고 없네.

난이 어머니, 그러니까 장모님은 인화를 업고 밤마다 이 노래를 부르셨지. 아이는 노래를 들으며 잠이 들고……. 그 노래가 나를 더욱 서글프게 했네. 그러나 나를 일으켜 세우기도 했지. 아이가 무슨 죈가. 다 어려운 세상 탓이지. 세상은 우리들 탓이고……. 할 수 있다면 이 아이에게만은 좋은 세상을 만들어 주고 싶었네. 가족들이 헤어지지 않고 오순도순 살 수 있는 세상 말이네."

"그래, 자넨 최선을 다 했네. 이렇게 식구들이 편안히 사는 걸 보면 성공했네."

"그런가?"

할아버지가 기분 좋게 껄껄 웃었다. 그 웃음소리를 듣자 나도 한결 기분이 좋아졌다. 그런데 이야기를 들으면서 어느새 할아버지가 새롭게 느껴지기 시작했다. 할아버지뿐만 아니라 증조할아버지, 증조할머니, 할머니. 아빠, 엄마, 누나까지 그냥이라는 관계는 없었다. 블록 쌓기에서처럼 하나라도 빠져서는 안 될 중요한 관계라는 생각이 들었다.

소양호의 하얀 꽃

이상한 꿈이었다.

증조할아버지가 소양강 물 위에서 증조할머니와 나란히 서 있었다. 얼굴에 흉터도 없고 아빠처럼 젊은 모습이었다. 두 분은 화사하게 웃으며 나에게 손을 흔들었다. 그 모습이 너무 행복해 보여서 나도 그곳으로 가려고 강가에서 발버둥을 쳤다. 그러나 한 발짝도 움직여지지가 않았다. 증조할머니를 본 적이 없는데도 나는 이미 알고 있다는 생각이 들었다.

꿈에서 깨어나서도 나는 한참동안 정신을 차리지 못했다. 마치 꿈이 생시고 지금이 꿈인 것 같은 느낌이었다.

"왜 그러냐?"

할아버지는 나를 지그시 바라보았다. 무슨 일인지 할아버지

눈가가 촉촉하게 젖었다.

"이상한 꿈을 꾸었어요."

나는 꿈에서 본 증조할아버지 이야기를 했다.

"그것 참, 나와 똑같은 꿈을 꾸었구나."

할아버지는 점퍼 안주머니에서 증조할아버지가 주신 사진을 꺼냈다. 한참을 말도 않고 들여다보더니 한숨을 길게 쉬었다.

"아무래도 네 증조할아버지가 돌아가셨나 보다. 마침 내일이 토요일이니, 고향엘 다녀와야겠구나."

할아버지가 나직한 음성으로 담담하게 말했다. 나는 무언가 한 대 꽝 얻어맞은 기분이었다. 지금까지 누가 죽는 걸 본 적이 없었다. 바로 얼마 전에 증조할아버지를 만났는데 그새 돌아가셨다니 믿을 수가 없었다. 나이에 비해 또박또박 말도 잘하셨던 증조할아버지였다.

"그걸 어떻게 알아요?"

"나이가 들면 꼭 보지 않아도 알게 되는 게 있단다. 네 증조할아버지는 벌써 알고 계셨겠지만……."

할아버지는 슬픈 표정으로 증조할아버지 사진을 다시 점퍼 안주머니에 넣었다.

다음 날, 우리 식구들은 고향을 향해 출발했다. 아빠는 운전을 하고 엄마는 조수석에 앉았다. 누나는 뒷좌석 왼쪽에, 할아버지는 오른쪽에 앉았다. 나는 중간에 끼어 앉아 할아버지 손을 꼭 잡았다. 할아버지도 손에 힘을 주었다. 그건 내가 할아버지를 생각하는 것처럼 할아버지도 내 마음을 이해한다는 뜻이었다.

"정말 사진을 태워서 소양강에 뿌릴 거예요?"

누나가 옆으로 고개를 돌려 할아버지를 보며 물었다.

"그래야지."

할아버지가 대답했다.

"그런다고 증조할머니와 만날 수 있을까요?"

"암, 만날 수 있고 말고."

할아버지의 확신에 찬 목소리에 누나는 입을 다물어 버렸다.

한참 동안 차 안에는 정적이 흘렀다. 모두들 자기 생각에 빠져 있었다.

"할아버지, 나룻배는 아주 없어졌나요?"

나는 갑자기 나룻배 생각이 떠올랐다. 전에 한 번 소양호에 갔을 때는 눈여겨보지 않았었다. 그냥 지나는 길에 잠깐 내려서 강바람을 쐬었을 뿐이었다. 그때 할아버지는 차에서 내리지도 않았다. 할머니와 외증조할머니 산소도 고향을 떠나면서 김포 공원묘지로 옮겨 그곳엔 갈 일이 없었다. 이제야 생각이지만 할아버지는 그곳을 아예 잊고 싶었던 모양이었다. 소양댐을 만들

149

면서 마을이 물에 잠기자 그곳을 아예 떠나 버렸던 것이다.

"벌써 없어졌지. 구만리와 대홍리가 물에 잠길 때 말이야. 그때까지 있었던 것도 장모님, 그러니까 네 외증조할머니 덕분이지. 그렇지 않으면 벌써 없어졌을 거야. 외증조할머니는 전쟁이 끝나고 거의 망가진 나룻배를 끌어다가 다시 고쳤단다. 그걸 강에 띄웠지. 그러나 누가 나룻배를 타겠냐. 신식 다리인 38교가 생겼는데. 그 때문에 네 아빠가 낭패를 좀 봤지."

"왜요?"

"아범이 말해 보거라."

"네, 맞아요. 학교에 가려면 외할머니가 먼저 강가에 나가 기다렸으니까요. 한 번은 옆으로 샜다가 아버지께 호되게 야단맞았잖아요."

"그땐 그럴 수밖에 없었지. 나룻배가 그분에게 어떤 의미인지 알고 있었으니까. 남편이었다고 볼 수 있지 않느냐. 결국 소양댐이 만들어지면서 마을이 물에 잠기자 나룻배는 사라졌지. 그분 생명도 마을과 함께, 나룻배와 함께 다했단다."

"그러면 증조할아버지처럼 외증조할머니도 외증조할아버지 곁으로 가시는 게 좋지 않아요?"

내 말에 할아버지가 몸을 움찔했다.

"그래, 그럴 수도 있겠구나. 그동안 내 생각만 해 왔구나. 서

러운 고향을 잊고 싶은 마음에 네 외증조할머니 생각을 하지 않
았어."

할아버지는 나를 보며 몇 번이고 고개를 끄덕였다.

"그것도 일리 있는 말이네요."

아빠도 고개를 끄덕이며 말했다. 그리고 또, 차 안에는 정적
이 흘렀다.

점심 때쯤 자동차가 소양호에 도착했다.

소양호는 햇빛 때문에 수면이 은가루를 뿌려 놓은 것처럼 눈
부셨다. 나루터에는 모터보트가 손님들을 기다리고 있었다. 겨
울엔 빙어 낚시를 하고 봄에서 가을까지는 모터보트를 타는 관
광지가 되었던 것이다. 이제 이곳은 훌륭한 관광지일 뿐이었다.

"배 타시려고요?"

나루터에 있던 사람이 다가와 물었다. 아빠는 그 사람과 배
삯을 흥정하고는 식구들을 불렀다. 할아버지는 멀찍이 서서 소
양호를 바라보다가 천천히 걸어왔다. 모터보트가 작았기 때문에
두 개로 나누어 탔다. 할아버지와 나, 그리고 아빠와 엄마, 누나
가 따로 탔다.

모터보트는 미끄러지듯 소양호로 들어갔다.

잠시 후, 할아버지는 소양호 한가운데에서 모터보트를 멈추
게 했다.

"아버지, 드디어 오셨어요."

할아버지는 안주머니에서 증조할아버지의 사진을 꺼내 보며 말했다. 이어 사진을 산이며 소양호를 향해 높이 쳐들었다. 마치 살아 있는 증조할아버지에게 풍경들을 보여 주는 것 같았다.

"이제 다 보셨지요?"

할아버지는 라이터를 켜서 사진에 불을 붙였다. 증조할아버지 사진이 타들어 가면서 하얀 재가 강물에 떨어졌다.

"증조할아버지!"

나는 눈앞이 뿌예지는 것을 느끼며 증조할아버지를 불러 보았다. 할아버지가 보았다던 소양강의 붉은 꽃이 이랬을까. 강물에 퍼지는 하얀 재가 하얀 꽃으로 보였다. 이내 귀가 멍해지며 물소리며 바람 소리, 새소리가 들려오기 시작했다. 나는 그 소리에 귀를 기울였다. 모든 생각을 잊고 그 소리들을 들었다. 그리고 그 소리들조차도 아득하게 느껴질 때였다. 나는 마치 자연의 일부가 된 것 같았다. 그리고 잠시지만 증조할아버지와 증조할머니의 만남을 본 것 같았다. 푸른 강물이 서로 부둥켜안은 것을 보았다.

어느새 증조할아버지는 푸른 강물이 되어 있었다. 증조할머니와 하나의 강물이 되어 흘러가고 있었다.